어쩌다 배우

문철 수필집

어쩌다 배우

머리글

나는 40년 다니던 회사를 그만두었다. 일을 그만둔다는 것은 누구나 겪는 일이지만 당사자에게는 엄청난 사건이다. 나에게도 그랬다. 오랜 시간 한 회사에서만 일을 했기에 내가 아는 세상은 오직 그 회사뿐이었다. 바깥세상은 달랐다. 새로운 세상에서는 제대로 할 수 있는 일은 아무것도 없었다. 나는 그대로인데 세상이 바뀌니 철저히 무능해졌다. 아내와 딸이 있는 집마저도 만만한 세상이 아니었다.

세상이 만만하지 않아 내 마음대로 되지 않으니 저절로 나를 돌아보게 되었다. 사람들의 생각이 왜 나와 다를까 하는 고민을 했다. 나의 정체성에 대한 의문이 생겼다. 또한 나의 행동이 저절로 머릿속에 떠오르고 새로운 시각으로 그 행동을 바라보기 시작했다. 이 글은 그렇게 써졌다. 이 글은 퇴직 후 이곳저곳을 기웃거리면서 느낀 바를 적어 내려간 기록이다.

하늘이 도왔는지 나는 글을 쓰게 되었다. 글을 쓰지 않았다면 몸은 편해도 마음은 처량했을 것 같다. 이 글에 등장하는 모든 분들이 이 책의 주인이며 그분들의 영향으로 지금의 내가 존재한다는 사실을 명심하고 있다. 나를 문학의 길로 이끌어주신 선생님과 동료 작가들께 두 손 모아 감사드린다. 고향에 계신 형님들과 그 가족에게 언제나 행복이 가득하기를 빈다.

내 사랑하는 아내와 소중한 딸에게 그리고 철없던 막내아들이 글을 쓴다는 것을 모르신 채 하늘나라로 가신 부모님께 이 글을 바친다.

2023년 가을

문철

차례

제4부

제5부

문철론

사람들 간의 관계에서 관심을 축적한 시간은 매우 중요하다. 대부분의 가정에서 어머니의 가족에 대한 축적의 시간은 아버지의 그것과는 비교가 되지 않을 정도로 많다. 아내는 35년 동안 밥과 청소하는 시간을 축적했다.

제1부 축적의 시간

축적의 시간

어쩌다 배우

관계자

만만디

욕심

중국인의 속마음

머리와 가슴 사이

축적의 시간

딸이 유치원 다닐 즈음, 나는 집에서는 TV 리모컨만 쥐고 뒹굴었다. 그러는 내게 어느 날 딸이 말했다.

"아빠! 나, 만화영화 볼 거야."

국가대표 축구 중계 중이었다. 그 경기를 꼭 보고 싶어 딸을 설득하였다.

"아빠는 축구 경기를 봐야 되는데…. 축구 끝나면 보여줄게."

그러자 딸은 축구 끝나면 만화영화도 끝난다고 떼를 쓰며 울려고 했다.

"진아, 집안 물건에는 다 주인이 있거든. 네 방에 있는 동화책과 인형은 네 것이고 그밖에는 다 엄마 것이지. 그릇도 냉장고도 밥솥도 모두 엄마 것이야. 사실 아빠 것은 TV밖에 없어."

눈을 동그랗게 뜨고 바라보는 딸에게 타이르듯 덧붙였다.

"자기 물건은 자기가 사용하는 거야. 네 인형은 네 마음대로 가지고 놀아도 된단다. 그렇듯이 아빠는 아빠 마음대로 TV를 볼 수 있는 거야. 알겠지?"

이런 이상한 논리가 통했는지 의외로 딸은 더 이상 떼를 쓰지 않았다. 그날 이후 딸은 나에게서 TV 리모컨을 뺏을 생각을 하지 않았다. 나는 이런 논리로 거실에 누워 오직 리모컨만 쥐고 흔드는 나를 합리화하곤 했다. 모든 집안일을 아내가 도맡아 했지만 아내 역시 토를 달지 않았다. 그때만 해도 아내에게는 내가 하늘 같은 남편이었다. 그 당시 우리나라 대부분의 회사는 저녁 10시가 되어야 퇴근하고 일요일만 쉬었다. 아내는 파김치가 되어 돌아오는 남편을 보듬어 주었다. 남편에게 있어 집은 쉬는 곳이어야 된다는 생각이 확고했다.

나는 어머니 외에는 아무도 부엌에 들어가지 않는 집에서 자랐다. 가족은 아버지와 아들 사형제로 여자라곤 어머니밖에 없었다. 어머니는 집안일을 혼자서 하였고 아들들은 손가락 하나 까딱하지 않고 지냈다. 그 당시의 어머니들이 무릇 그러했듯이 어머니는 아들에게 집안일 특히 부엌일을 시키지 않았다. 당연히 며느리가 집안일로 아들을 부려 먹는 것을 싫어했다. 이러한 분위기는 처가도 마찬가지였다. 장인어른과 두 처남 역시 집안일을 하지 않았고 밥도 제각기 먹어 장모님은 한 끼에 여러 번씩 상을 차리곤 하였다. 그렇게 자라오고 또 그런 곳에 시집을 왔기에 아내로서는 힘들지만 도와달라고 할 생각은 아마 떠오르지 않았으리라. 나는 집안일을 할 줄도 모르거니와 할 생각마저 없었다.

TV 외에는 내 것이 없는 상태가 참으로 오래갔다. 세상은 변해서 내 나이 또래의 남편들도 가사를 조금씩 부담하기 시작하였으나 나는 그러지 않았다. 돈을 번다는 핑계가 집안일을 회피하는 이유는 아니었다. 할 줄 모르기 때문에 열외가 된 것도 아니었다. 내가 일을 하지 않은 이유를 딱히 말하자면 그 일이 내 일이라고 생각한 적이 없었기 때문이다. 그러니 아내에게 미안하지도 않았다. 아내가 그런 나를 볼 때 어떤 마음이 들었을까? 생각해 보면 유쾌하지는 않다. 아내 역시 가사 일과 나를 연결하지는 않았으리라 여겨진다. 하지만 힘든 순간마다 어찌 저리 매정할까 하고 나를 원망했을 수도 있다. 이제 와서 물어보자니 본전도 뽑지 못할 것 같아서 과거는 묻지 않기로 했다. 어떻든 퇴직할 때까지 집에서 나의 가사노동 항목은 전혀 늘어나지 않았다.

퇴직 후 집에서 빈둥거리며 아내가 해주는 삼시 세끼를 받아먹는 삼식이가 되었다. 은퇴 후 아내에게 짐이 되지 않으려면 아침 일찍부터 저녁까지 밖에 머물다가 와야 한다는 조언을 듣지 않은 게 화근이었다. 좋게 표현해서 '짐이 되지 않으려면'이지 실상은 '천대받지 않으려면'이 정확한 표현이리라. 처음에는 청소와 설거지를 내가 맡기로 했다. 따라서 TV 외에도 청소기와 그릇이 나의 것이 되었다. 그래도 그 일의 대부분은 아내가 하고 나는 도와주거나 고마움을 표시하는 정도로 잘 지나가고 있었다.

문제는 아내가 아프다고 하면서부터다. 이전부터 있었던 무릎과 허리의 통증은 일도 아니었다. 미열이 나고 머리가 아프다, 배와 옆구리가 칼로 찌르는 것 같다, 왼쪽 팔이 저리다 등 동시다발적으로 아내는 아픔을 호소했다. 약 두 달 동안 동네 병원에서 종합병원까지 부지런히 다녔다. 아내는 가사노동 때문에 자기가 아프다고 주장하면서 당분간 밥을 하지 못하겠으니 미안하지만 내가 알아서 먹으라고 했다. 어쩌겠는가. 밖에는 코로나가 창궐하여 식당 가기가 두렵고 아픈 아내를 내팽개칠 수도 없어 할 수 없이 나는 요리의 세계로 뛰어들었다. 아내의 지도하에 계란말이부터 시작하여 스테이크, 불고기, 돼지고기 두루치기, 김치찌개, 닭볶음탕 등을 하게 되었다. 감바스, 부추전 및 돼지고기 수육 등 술안주도 물론이다. 아내는 나보고 '간쟁이'라고 했다. 기가 막히게 간을 잘 맞춘다는 뜻이다. 딸도 아빠 계란말이가 최고라고 치켜세웠다. 칭찬이 자자했다. 딱 일주일 지나니 일상이 되었다. 이제 다들 짜니 싱겁니 하고 냉정한 평가를 시작하였다.

요리를 하다 보면 의외로 중간중간 설거짓거리가 많다. 재료를 손볼 때, 음식을 볶은 후 프라이팬 처리, 도마 등 물에 손을 담그는 일이 끝이 없다. 내가 보기엔 아내는 이미 다 나아서 건강해 보이는데 부엌을 다시 맡을 생각을 하지 않는다. 인간이 TV를 하루종일 볼 수도 있다는 것에 대해 경이감을 갖게 되었다. 한마디로 나는 열 받고 있다. 아내가 노는데 나 혼자 일을 하면 사실 처량할 때도 있다. 설거지를 하거나 청소할 때 연속극을 보는 아내가 밉고 분하다. 그런데 아내가 거실 탁자를 끌어 주어 청소하기 편하게 해주면 반분이 풀린다. 요리를 하면 아내는 냉동실의 재료를 전자레인지에 넣어 해동해 준다. 내가 설거지할 때면 아내는 식탁 위의 남은 반찬을 냉장고에 집어넣고 싱크대 위의 그릇을 제자리에 넣는 등 정리를 해준다. 그러면 또 분이 조금은 풀린다.

아내는 기가 막히게 내가 기분 나쁜 순간을 알아차린다. 내가 그렇도록 표정 관리를 못하나 하고 자책할 정도로 내 마음을 귀신같이 알아차리고 행동한다. 딸이 직장에서 돌아오면 방 밖에서 소곤거리는 소리가 난다. 나가보면 아내와 딸이 정겹게 이야기를 나누고 있다. 나를 보면 말이 뚝 끊기면서 웃음을 짓는다. 대화 내용이 무엇인지 물어보면 그냥 시시한 이야기라고 하면서 끼워주질 않는다. 생각해 보니 나의 것은 TV밖에 없다고 주장한 그 순간부터 나의 것이라곤 진실로 TV밖에 없었다. 모두 아내의 것이었다.

커피 한 잔을 내린다. 아버지란 존재에 대하여 생각한다. 아버지란 존재는 자식들의 가슴 깊은 곳에 어머니처럼 스며들어 있지는 않아 보인다. 남성 작가들의 글 속에 아들이나 딸보다는 손주가 등장하는 경우가 많다. 아마 아들과 딸을 키울 때는 바깥을 돌아다닌다고 관심을 기울이지 않아 그들과의 공감이 없어서 그럴지도 모른다. 사람들 간의 관계에서 관심을 축적한 시간은 매우 중요하다. 내가 벌어 온 월급도 중요하긴 하나 한 달에 단 한 번씩만 잠시 관심을 받을 뿐이었다. 그러나 밥은 수많은 횟수로 서로 간에 축적된다. 대부분의 가정에서 어머니의 가족에 대한 축적의 시간은 아버지의 그것과는 비교가 되지 않을 정도로 많다. 아내는 35년 동안 밥과 청소하는 시간을 축적했다. 그리니 연속극을 보면서도 설거지하는 내 심사를 알아차린다. 딸의 카톡 한 마디만 읽어도 바로 딸의 기분을 느낀다. 내가 그동안 축적한 지식에는 없는 능력이다. 그것은 인정할 수밖에 없는 진실이다.

다행히 나의 것도 최근 늘어나고 있다. 그릇, 식재료, 청소기, 냉장고 등 가전제품 그리고 그것들을 어디에 두어야 하는지, 어떻게 사용해야 하는지를 아는 지식 등이다. 나는 나의 축적의 시간을 서서히 늘려나가고 있다. 그리고 지금 이 순간, 아내는 아무것도 모르고 연속극을 본다. 아내의 손에 TV 리모컨이 들려 있다. 소금을 더 넣을 것인가 아니면 싱겁게 할 것인가 하는 선택은 내 손안에 있다. 아내가 나를 부른다. 35년 동안이나 축적한 아내가 점심 먹으라고 나를 부른다. 아내가 내 점심으로 소고기를 준비하였다고 한다. 나가 보니 소고기가 해동이 되어 있다. 아차! 요리는 내가 해야 한다.

어쩌다 배우

연극배우가 되었다. 제 주제를 알아차릴 때도 된 나이에 용감하게도 얼굴에 화장을 하고 벗겨진 정수리에 흑채를 뿌리고 무대에 섰다. 무대에 한 번 섰다고 배우냐고? 당연한 지적이다. 뭐라고 토를 달 자신은 없지만, 그래도 나는 배우다. 무조건 우겨야 할 이유가 분명하다. 내 나이나 연기력이나 체력 등의 제약조건으로 미루어 볼 때 다시 무대에 서볼 확률은 아주 낮기 때문이다. 그렇다면 지금이 배우라고 우길 수 있는 마지막 기회일 테니까.

작년 말, 지인이 자기가 참여하고 있는 연극 모임에 초대했다. 나는 연극에 대한 강의 모임으로 오해하여 마실 가듯 들렀다. 책걸상이 쭉 놓인 강의실로 예상하였으나 넓은 공간에 연출가를 중심으로 10여 명의 배우가 학익진으로 삥 둘러앉아 있었다. 적잖이 당황하였다. 연출가와 몇 마디 주고받은 뒤 얼떨결에 그날 바로 배역을 받고 리딩에 들어갔다. 그야말로 어쩌다 배우가 되고 말았다.

나는 발음이 좋지 않은 데다 경상도 사투리까지 쓴다. 게다가 키는 작달막하고 배는 툭 튀어나온 모습으로 오리처럼 뒤뚱거리며 팔자걸음이요, 소갈머리가 없고 주름살 대왕에다가 거북목까지 가졌으니 배우로서는 최악의 조건이다. 연극 경험이 없어 어리벙벙한 데다 대사는 왜 그리 외우기가 힘든지 틀리기 일쑤여서 동료들에게 눈치도 보였다. 연습하는 내내 나로 인해 난리가 나는 것이 아닌가 하는 걱정 속에서 하루하루를 보냈다. 무대에서 대사를 잊어버려 얼음처럼 굳어버린 내 모습, 당황하는 동료들의 표정 그리고 황당해하는 관객들의 한숨 소리 등을 상상하면 식은땀이 줄줄 흘렀다.

대학로 후미진 곳의 소극장에서 공연을 큰 실수 없이 치렀다. 연극이 끝나자 목이 심하게 잠기고 기운이 빠져 이틀 꼬박 누웠다가 사흘째 되는 날 점심때에서야 일어날 수 있었다. 연극이 나에게는 얼마나 무리한 놀이였는지를 몸이 스스로 반응했다. 수입은커녕 각자 돈을 걷어서 연습장을 구했다. 대사를 외우느라 죽을 고생을 하면서 동료들과 손발을 맞추느라 눈치를 보고, 그 어리석은 과정을 삼겹살 뒤풀이로 마쳤다. 그제야 나는, 몸에도 맞지 않는 연극을 왜 포기하지 않고 끝까지 했을까 헤아려보았다. 어떤 힘이 나를 이끌고 갔을까.

중학교 때 칠판 앞으로 불려 나가서 왕 역할을 5분 정도 하면서 선생님의 칭찬을 받은 적이 있었다. 어린 시절 칭찬이란 것이 삶에 큰 영향을 주는 경우가 흔하듯 나 역시 가슴속에는 연기를 했으면 좋았겠다 하는 아쉬움이 있었나 보다. 그래서 그런지 지인의 권유에 망설이지 않고 마치 기다리고 있었다는 듯이 연극을 시작했었다.

역시 연극은 재미있었다. 남의 인생에 빠져보는 즐거움은 처음 느껴보는 감정이었다. 희곡 속 배역을 건성으로 흉내나 내다가 마침내 배역에 빠져서 웃고 춤추고 오열하는 모습을 보는 것은 벅찬 감동이었다. 매일매일 조금씩 조금씩 배역에 빠져드는 나와 동료들을 보는 것은 즐거웠다. 동료들의 본명은 끝내 외우지 못하고 배역에서의 이름으로만 기억할 정도로 어느덧 희곡 속의 삶에 빠져들었다. 내 배역의 행동이나 말투를 집에서도 그대로 사용함으로써 아내가 오해하여 다투기도 하였다.

화려한 조명과 극적인 음악 속에서 노닐다가 막이 내려지고 칠흑처럼 깜깜한 대기실로 들어오는 순간, 박수 소리가 들려왔다. 제대로 해냈다고 틀리지 않았다고 나도 모르게 동료들과 하이파이브를 했다. 너나없이 동료들 모두가 감동에 휩싸인 모습이었다. 말로 표현하기 어려운 감동이 밀려왔다.

재미나 감동 때문에 버틸 수 있었던 것은 아니다. 일단 시작하고 보니 포기하고 도망갈 수가 없었다. 나 하나 빠지면 그 피해는 함께하는 모든 동료들이 고스란히 받게 되니까. 나로 인해 자칫 무대에 올리지 못할 수도 있으니까. 동료들이 흘린 땀이 훤히 보이는데 이를 가벼이 볼 수는 없었다. 혹시 내가 대사를 잊어버려 그들에게 피해를 주지 않을까 하는 걱정으로 종일토록 앉으나 서나 미친 사람처럼 외우고 다녔다. 혼자서는 완벽하게 외웠다 싶은데도 막상 모여서 연습할 때면 갑자기 백지가 되어 버리니 불안에 떨었다. 내가 연습에 나타나지 않으면 누군가 대신 내 대사를 쳐주어야 한다. 그렇게 되면 이미 배우들의 집중력이 떨어져 버리고, 연습의 효과는 반감된다. 어쩌겠는가. 적어도 연습 때는 꼭 참석할 수밖에.

그랬다. 연극은 교묘하게 디자인된 촘촘한 그물 같았다. 나를 관계의 노예로 전락시킨 그 그물 속에서 나는 빠져나갈 틈을 찾지 못했다. 마치 주먹 세계의 룰처럼 한 번 들어오면 나가기는 어려운 구조였다. 그러고 보니 어째 익숙하다. 내가 언제 이런 처지에 있었던가. 회사를 퇴직하고는 한 번도 겪어보지 못한 구속이었다. 아! 그렇구나. 오랜 회사 생활 속에서 나는 구속을 당연시하고 적응했고 심지어 성장의 발판으로 삼았다. 나에겐 너무나 익숙한 그 구속이 어쩌면 내가 연극을 끝까지 버티도록 해준 힘이었을지도 모르겠다. 평생을 구속 상태에서 살아온 나에게 연극은 어쩌면 추억일 수도 있겠다.

연극은 끝났다. 며칠 지나니 연극하면서 겪은 노고와 괴로움은 멀어지고 조명과 음악 소리가 담긴 무대의 화려함이 선명하게 그려진다. 첫아기를 낳기까지의 그 힘든 순간을 알면서도 둘째아이를 가진 엄마가 아기의 태동을 기대하고 기다리듯이 벌써 '다음 작품은 언제 하려나, 나도 끼워주겠지'하며 기웃거린다. 나에게 구속영장이 떨어지는 순간을 고대하고 있다.

관계자

연극 표는 팔리지 않는다. 대중문화의 주체가 연극에서 영화로 넘어간 지는 이미 오래전이다. 게다가 문화와 예술의 최대 소비자가 이삼십 대의 여성인데 그들은 연극보다는 차라리 길거리의 버스킹을 즐긴다. 홍대 앞을 가면 먹거리부터 춤, 노래 등 다양한 볼거리를 자유롭게 즐길 수 있다. 발길 따라 걷다가 끌리면 머물고 싫증 나면 떠난다. 예약도 시간도 관계없다. 그저 가고 싶을 때 가서 오고 싶을 때 오면 된다. 그러니 오래전에 예약한 뒤 극장에 시간 맞춰 자리하는 귀찮은 절차를 감내하며 찾아오는 관객의 수는 줄어만 간다. 특히 후미진 거리의 누추한 소극장에서 열리는 연극을 찾는 관객은 연극을 사랑하는 분들이라기보다는 어느 배우를 응원하기 위하여 꽃다발을 들고 나타난 소위 '관계자'이다.

연극이 끝나고 난 뒤 관계자들을 만나보니 이구동성으로 하는 말이 오랜만에 연극을 보니 너무 재미있었고 그 잔상이 오랫동안 남는다는 말과 내가 연기를 잘하더라는 칭찬을 빼먹지 않는다. 생전 처음 연기를 해본 내가 연기를 잘할 리가 있겠는가. 그들이 공치사했다는 것을 모를 만큼 내가 어리석지는 않다. 만에 하나 진정이라면 그들은 내가 실수할까 마음 조리다가 그럭저럭 넘어가니까 이를 다행으로 여겨 사용한 단어가 '잘한다'일 것이다. 무사히 끝냈으니 연기를 잘한다? 어쩌면 그렇게 볼 수도 있겠다. 영화나 드라마와 달리 연극은 일단 막이 오르면 중간에 중지시키거나 다시 할 수 없다. 문제가 생기면 오로지 배우들의 임기응변으로 위기를 벗어나야 한다. 그래서 무사히 막을 내렸다는 사실 하나만으로도 생초보 배우로서는 연기를 잘했다고 평가할 수도 있겠다.

과연 무사히 연극을 마쳤을까. 그렇지 않았다. 배우는 무엇보다도 대사를 기억해야 한다. 그래서 대본을 받자마자 대사를 외우기 시작한다. 그럼에도 불구하고 막이 오르는 순간까지 대본을 손에서 놓을 수가 없다. 그만큼 대사 암기는 중요하고 어렵다. 경험이 많은 배우는 전체 연극의 흐름을 충분히 이해하면서 현재의 장면에서 본인이 구사할 대사 내용을 인지하고 있다. 또한 그들은 자기 대사의 앞 서너 문장은 외우고 있어 여유를 가지고 자기 대사를 칠 준비를 한다. 그러나 나는 초보 배우답게 내 대사 외우기도 벅차서 끙끙대다가 마지막에 가서야 앞사람의 특정 대사가 나오면 자동으로 내 대사를 치는 수준으로 무대에 서게 되었다.

첫날 막이 오르고 약 20분이 지난 시점에 나와 유사한 수준의 초보 배우가 자기 차례가 아닌데 대사를 시작했다. 나는 자동으로 그의 대사에 호응하는 대사를 치고 말았다. 그리고 연이어 장면에 맞지 않는 대사가 흘러갔다. 나와 초보 배우는 틀린 줄도 모르고 씩씩하게 연기를 하였으나 다른 배우들은 알면서도 어쩔 수 없이 진행하였다. 당황하는 기색이 확연했고 극이 끝날 때까지 경직된 모습이었다. 엄청난 실수였다. 무려 10분 분량을 빼먹고 말았다. 전체 연극 시간이 한 시간 남짓인데 10분이면 엄청난 분량이다. 우리는 연극이 끝나고 망연자실했다. 즐거운 표정으로 관객과 기념사진을 찍고 난 뒤 우리만 남았을 때 무대 위에 털썩 앉아버렸다. 연출가가 말했다.

"실수는 할 수 있어요, 그러나 그 결과 당황하여 연극이 자연스럽지 못했던 것은 아쉽네요."

그러면서 그는 씁쓸한 표정으로 덧붙였다.

"여러분들 이번에 여간해서는 하지 못할 경험을 했네요. 사실 이런 경우는 저도 처음 겪었으니까요. 그럴 수도 있지요. 다만 그동안 여러분들이 연습하신 많은 장면을 보여주지 못한 점이 안타깝네요."

다음날 다시 공연을 해야 하니 심하게 말하지 않았으나 연출가는 큰 충격을 받은 것 같았다. 그날 분위기로만 보면 다시는 연출을 맡지 않을 것 같은 기세였다. 배우들도 한마디씩 거들었다.

“이런 일은 있을 수 없는 일이지요. 그런데 왜 이렇게 되었을까요? 사실관계를 알아야 대책을 세울 수 있을 것 같아서요.”

쫄쫄 굶고 화장도 지우지 못하고 집에 돌아왔다. 아내와 딸에게 물었다. 놀랍게도 빼먹은 걸 전혀 눈치채지 못했다고 한다. 며칠 뒤 고등학교 동창을 만나 그 장면을 물어보았는데 그들도 전혀 몰랐단다. 후일담이지만 관객 중 어느 누구도 이 사태를 알아차린 분은 없는 것 같았다. 관객들의 대부분은 연극은 자연스러웠다는 반응이었다. 세상에! 한쪽은 초상집 분위기였는데 지켜보는 사람들은 눈치채지 못하고 도리어 재미있었다고 한다. 다음날 두 번째 공연의 리허설을 위해서 다들 일찍 모였다. 표정이 밝았다. 어제 공연은 알아차린 관객이 없을 정도로 잘 넘어갔다는 의견이 대부분이었다. 어제의 자책하던 분위기와는 달리 배우들은 위기에서 연극을 살리기 위한 동료의 무용담을 소개하면서 입에 침이 마르도록 칭찬했다.

어떻게 된 일이었을까? 왜 관객들은 알아채지 못했을까? 관객은 연극의 줄거리를 모르기 때문일 수도 있겠다. 혹은 관객 대부분이 관계자이기에 응원에만 푹 빠져서 잘못은 보이질 않기 때문일 수도 있다. 하긴 관객들이 알았던들 몰랐던들 뭐가 달라지겠는가. 그 무엇이든지 우리는 괜한 걱정을 했다. 우리에게는 관계자가 있었고 관계자는 걱정하는 마음으로 우리를 보듬고 있었다. 설령 틀린 것을 다들 알아차렸다 해도 달라지는 것은 없었다. 뭐가 문제인가. 관계자들은 우리의 존재 그 자체만 소중했다. 그들은 우리의 허물이나 업적은 관심도 없었다. 이제야 알겠다. 관계자는 그런 것이었다. 나에게 희망을 보여주는 것이 철학보다는 문학이듯이, 내게 행복을 주는 이는 비평가보다는 관계자였다. 그런데 말이야. 나는 과연 누구의 관계자인가. 나를 관계자라고 생각하는 사람은 이 세상에 몇이나 될까.

만만디

어렸을 때부터 나는 중국인은 느리고 게으르다고 알았다. 많은 책을 읽어서 나름 종합적으로 판단한 결과는 아니었다. 그렇다고 내가 직접 중국인을 여러 명 만난 경험을 통한 것은 더더욱 아니었다. 그냥 한 번씩 주변 사람들로부터 지나가는 말로 우연히 들었거나 매스컴 등에서 가십으로 하는 이야기를 반복해 들었던 것이 선입관이 된 것일지도 모르겠다. 중국인 하면 으레 만만디(漫漫的)가 떠올랐다. 어릴 적 들은 기억으로는 대륙의 땅이 엄청나게 넓은데도 불구하고 욕심을 내어 하루나 며칠 사이에 땅을 다 갈려고 하면 몸이 상하게 된다. 그래서 느긋하게 농사일을 하면서 자연스럽게 배인 습관이 중국인의 만만디라는 것이다. 오늘 못하면 내일 하면 된다는 중국인의 느긋한 마음과 행동을 대변하는 용어일 것이다. 외국인의 입장에서 보면 그만큼 중국인은 느려 터져서 같이 일하기가 답답하다는 뜻일 것이다.

중국 공장에 발령받자 내가 제일 고민한 것 역시 어떻게 직원들의 만만디를 없애고 파닥파닥 움직이게 할 것인가 하는 것이었다. 우리 회사의 제품은 대단위 변전소에 들어가는 전력기기로서 품질이 무엇보다도 중요했다. 중국 공장 제품의 품질 수준이 한국 본사에 비하여 너무 떨어졌다. 이런저런 대책을 세우고 노력했으나 그다지 성과가 나지 않았다. 참고 참던 나는 특단의 조치를 취했다. 그때 한국인 부장이 약 7명, 중국인 부장이 약 15명 정도였다. 모든 부장들은 사무실을 떠나 생산 현장으로 자리를 옮기고 품질을 중국 최고로 개선하는 활동에만 전념하라고 나는 지시하였다.

그날 오후 현상을 순찰하면서 보니 중국 부장들은 이미 책싱을 현장에 놓고 근무하고 있었다. 반면에 한국 부장들은 한 명도 현장에 보이지 않았다. 약 일주일이 지나서야 한국 부장들은 업무 위임을 끝내고 책상을 옮기기 시작했다. 한국 부장들이 현장으로 옮길 때쯤 중국 부장들은 이미 개선 방향을 잡고 실행하고 있었다. 물론 중국 부장들은 신임으로 온 내가 무서웠을 수도 있다. 그리고 한국 부장들은 옛날부터 나를 잘 알아서 조금 개기면 제풀에 지쳐 떨어져 나갈 거라는 계산이 있었을 수도 있다. 한국 부장들은 차하위자에게 위임하는 것을 대충하지 않고 신중하게 하여 시간이 제법 걸렸을 수도 있다. 어떤 경우든 중국 부장들의 행동은 한국 부장들보다 훨씬 빨랐다. 부장뿐만 아니라 현장의 작업자들도 룰을 정하고 관리하면 한눈팔지 않고 열심히 일했다. 내가 가졌던 '중국인은 만만디'라는 생각은 잘못된 것이었다.

기술제휴 회사인 미국 웨스팅하우스 작업자들이 일하는 모습은 1990년의 나에게 충격이었다. 덩치가 집채만 한 흑인 작업자가 껌을 씹으면서 콧노래를 부르고 있었다. 그들은 잠시 작업하고는 휴식을 반복했다. 그뿐만 아니라 거의 모든 작업자들의 움직임이 매우 느렸다. 30살 정도의 젊은 우리 공장 작업자의 분주한 움직임에 익숙했던 나는 50대 미국 작업자의 움직임이 마치 슬로우비디오 같았다. 그럼에도 불구하고 그들의 월급은 우리 작업자의 10배가 넘었다. 공장에서 작업자의 작업 강도를 관리하는 관리자의 모습은 보이지 않았다. 작업 방법 습득을 위하여 작업 모습을 비디오로 담고 싶어 요청했다. 관리자들은 허락해 주었으나 노동조합의 반대로 무산되었다.

그 당시 그 회사의 고위 경영진 중 한 분인 기술부문장은 나와 점심을 같이 하는 자리에서 한국의 발전소 건설 계획이 얼마나 많은지를 언급하면서 미국은 더 이상 발전소를 짓지 않는다며 한국에 자리한 우리 회사가 부럽다고 하였다. 내가 보기에는 그 회사의 가장 큰 위기는 워크맨쉽이었는데 그분의 시각은 시장의 변화 등 외부 상황에 있었다. 미국 제조업 몰락의 서막을 그때 목도했던 것 같다. 그 공장, 세계에서 제일 컸던 그 공장은 이미 망하고 폐쇄되었다. 그로부터 20년이 지난 2010년경의 중국 공장과 한국 공장의 모습이 1990년경 한국과 미국 공장의 데자뷰를 보듯이 동일하다. 슬로비디오로 일하는 작업자, 개별 기업이 감당할 수 없는 강한 노조, 더 이상 작업자의 생산성 향상을 포기해 버린 관리자들, 중국 작업자의 10배에 가까운 임금 수준, 이런 모습이 비단 내가 다닌 회사의 문제만은 아닐 터 한국 제조업 몰락의 서막은 이미 시작되고 있었다.

내가 경험한 중국 사람들은 느리지도 느긋하지도 않았다. 아마 음악이나 방송 콘텐츠를 만드는 사람들은 그 분야에 종사하는 중국인들을 만만디라고 할지도 모른다. 그러나 적어도 제조업에 종사하는 사람들이 중국인들을 그렇게 보는 사람은 드물 것이다. 30년 전에는 제조업에서도 중국인을 만만디라고 평가했을지도 모른다. 그러나 지금은 중국인들이 우리를 만만디라고 부를 수도 있다. 그들은 무섭게 변했다. 그 옛날 도자기를, 종이를, 화약을, 나침반을 세계 최초로 개발했듯이 무섭게 변했다. 청자를 우리보다 500여 년 전에 만들었던 사람들이다. 일본은 또 500년 뒤에 유럽은 다시 수 백년 뒤에 청자를 만들 수 있었다. 그 역순으로 현대 문명은 발전했고 중국은 한참 뒤떨어져 있었다. 그리고 또다시 그 역순으로 중국 문명이 떠오르고 있다.

욕심

상하이에서 두 시간 거리에 있는 공장에서 근무하고 있을 때였다. 토요일 오후에는 상하이에 있는 집으로 와서 지내다 일요일 저녁에는 돌아가는 것이 일상이었다. 내가 사는 지역은 최근에 지은 고급 아파트가 집결되어 있는 조용하고 안전하고 조경이 잘 되어 있는 곳이었다. 2008년의 그 지역 아파트 가격 수준이 당시 서울 강남의 아파트 가격과 거의 맞먹는 정도였다. 다양한 브랜드와 개성 있는 모양의 고층 아파트가 어우러져 아파트 단지 치고는 아늑한 느낌이 드는 곳이었다. 그 아파트 단지들 안쪽에 공동으로 이용하는 큰 도로 겸 광장이 있었다. 도로는 차가 다니지 못하게 되어 있고 도로변에는 안마시술소, 생맥주나 와인 바, 음식점 등이 있었다. 주민들은 저녁이면 가족 단위로 나와서 그 거리에서 롤러스케이트도 타고 애완견과 산보도 한다. 서양인들은 주로 생맥주집에서 술을 즐기거나 도로변 의자에 앉아 광장을 보면서 와인을 한잔하곤 했다. 나는 아내와 같이 안마를 받는 것이 하나의 습관이 되었다.

그날도 여느 토요일 밤처럼 나는 아내와 함께 안마를 받고 있었다. 그때 모르는 전화가 걸려왔다. 중국인으로 보이는 분이 반가운 목소리로 나에게 말했다.

"여보세요. 문사장 오래간 만입니다."

"네 안녕하세요?"

그의 말은 빨라졌으며 나는 그 말을 알아듣지 못했다. 내일 오전에 통역을 통해서 전화드리겠다고 양해를 구했다. 다음날 아침 나는 통역에게 자초지종을 설명하고 그가 누구인지 왜 연락을 했는지 등을 친절하게 알아보라고 하였다.

통화를 마친 통역이 나에게 전화하여 당황스러운 목소리로 말하였다.

"사장님, 그 분께 전화를 드려 여쭈었더니 대뜸 문사장이 자기가 누구인지 이야기하지 않더냐고 말해서 사장님께서는 말씀하셨는데 자기가 잊어버렸다고 하였습니다. 그러니까 그분이 말하기를 그렇다면 사장님께 자기가 누구인지 확인하고 다시 전화하라고 하였습니다. 그러면서 혼자 말로 '문사장이 자기를 모를 리가 없는 데…' 라고 하였습니다. 사장님, 혹시 그분이 누구인지 기억이 나지 않으십니까?"

나는 기억이 나지 않는데 혹시 사실대로 이야기하면 그분께 실례가 될뿐더러 중요한 분이라면 회사에 큰 손해가 날 수도 있고 내 체면도 말이 아니어서 고심 끝에 통역에게 당부하였습니다.

"그분께 전화하여 나랑 전화 통화가 되지 않고 있다고 말하고 그 전에 혹시 어디에 계신 지 전화하신 목적이 무엇인지를 알려 주시면 조치를 하겠습니다 라고 이야기해 보거라. 절대 실례가 되지 않도록 조심해서 대하도록 하거라."

그 이후 통역과 그분 그리고 나 사이에는 비슷한 다툼이 반복되었고 급기야는 그분은 통역에게 화를 내고 나에게 직접 전화를 하겠다고 하였다. 자기 목소리를 알아듣지 못하는 나에 대한 실망이 너무 커 마지막으로 정말 자기를 기억하지 못하는 것인지 확인해 보겠다는 것이다. 당연히 나는 전화를 받지 않았다. 그가 누구인지를 기억이란 기억을 다 짜내어 생각해보니 그제서야 목소리가 걸걸하고 내가 과거에 신세를 지어 반드시 기억해야 할 분인 호남성의 천회장인 것으로 생각되어 통역에게 이렇게 시켰다.

"그분께 이제야 문사장과 통화가 되었는데 호남성의 천회장님이라고 하셨습니다 라고 여쭈어 보거라."

혹시 아니면 어떡하나 하는 불안으로 초조하게 몇 분을 기다리니 통역이 전화하여 밝은 목소리로 나에게 말하였다.

"그분이 천회장이 맞다고 껄껄 웃으시며 그러면 그렇지 문사장이 자기를 몰라볼 리가 있나 하시며 즐거워하셨습니다."

나 역시 큰 실수를 모면하게 된 것이 참 다행이라고 가슴을 쓸어내렸다. 역시 인간은 집중을 하면 머리 깊숙이 잠재했던 기억까지 끌어낼 수 있는 능력을 가지고 있다는 것을 새삼 확인하게 되었다.

그 이후 자초지종을 들어보니 그는 세금 문제로 상해관세청에 적발되어 큰 곤욕을 치르고 있는 모양이었다. 타지인 상해에서 조사를 받고 있는데 그래도 도움을 받을 지인이 나밖에 없어서 염치불구하고 어제부터 전화했는데 내가 자기를 기억하지도 못하는 것으로 오해해서 순간적으로 자기 처지가 불쌍하고 인생을 잘못 산 것 같아서 공연히 화가 나고 했다는 것이다. 나를 믿지 못한 것이 모두 자기의 불찰이니 통역이 나에게 잘 말씀드려 내가 마음 상하지 않게 해달라고 신신당부하였다고 한다.

그런데 세관 문제를 해결하려면 약 5만 인민폐가 필요하다고 하였다. 그러나 주말이라 은행 일을 볼 수가 없고 호남성에서 상해로 송금 절차도 며칠이 걸리니 난감하게 되었다는 것이다. 그러면서 돈을 좀 빌려주면 감사하겠다고 부탁하는 것이었다. 나는 당연히 도와주어야 하겠지만 오늘이 일요일이라서 나 역시 지방의 회사에서 돈을 보내기 어렵다고 양해를 구했고 내일 회사에 가서 보내주겠다고 하였다. 그런데 본인의 세금문제가 오늘밤에 상부로 보고되는 것이라도 우선 막기 위해서는 조금이라도 뇌물을 써야 하는데 내가 가지고 있는 2천인민폐라도 보내

달라고 해서 그렇게 하기로 하였다. 그런데 가만히 생각해보니 상해에 와 있는데 얼굴도 보지 않으면 나중에 섭섭해할 것 같아서 그가 있는 호텔로 찾아 나섰다. 그러나 그는 자기가 지금 나를 만날 수 있는 입장이 아니라고 말하면서 계좌로 돈만 부쳐달라고 하였다. 그 이후도 수 차례 통역을 통하여 상하이에 오셨는데 뵙는 것이 예의이고, 오랜만에 차도 한잔 마시고 싶다는 등 여러 가지 이야기를 하게 되었으나 그분은 세관 감시가 심하여 만나기기 어려운 처지라고 하였다. 갑자기 이상한 생각이 들어서 그를 잘 아는 중국인 부사장에게 연락하여 그 사람과 통화를 시켰다. 부사장이 확인에 들어가자마자 화를 버럭 내면서 한마디 하고 전화를 끊어 버렸다 한다.

"나를 이렇게 믿지 못하는 사람과는 다시는 상종도 하지 않겠다. 돈도 필요 없으니 문사장에게 다시는 보지 말자고 전하라."

그리고 부사장은 나에게 다음과 같이 말하였다.

"그는 목소리도 다를뿐더러 억양이 산시성 쪽이었습니다. 절대 호남성의 천회장이 아닙니다."

이런 제기랄, 주말 내내 전전긍긍하고 주머니에 냄새나는 중국 돈을 흠뻑 젖은 손으로 거머쥐고 밤거리를 헤매고 있는 내 모습이 스스로 측은해 보였다. 영문도 모르고 상하이 밤거리를 왔다 갔다 하는 운전기사의 등 뒤에서 그래도 좋은 경험했다는 너털웃음도 나왔다. 곰곰이 생각해보니 나는 오늘 하루종일 거짓말만 하고 있었다. 모르는 것을 모른다고 하는 것이 그렇게 어려운 것인지. 인간관계를 조금 더 잘해보려는 욕심 때문에 사기꾼보다도 훨씬 많은 거짓말을 하면서 주말을 망쳤다. 차는 어느덧 아내가 기다리는 아파트에 도착했다. 아내는 주말에도 영업활동에 여념이 없는 남편이 든든할지도 모르겠다.

다시 보아도 아파트 단지가 참 좋다. 이 아파트를 하나 샀으면 좋겠다. 그러려면 앞으로도 더욱 모르는 것을 아는 체하고 거짓말하여 그때그때 곤란한 자리를 모면해야 할지도 모르겠다.

중국인의 속마음

중국 사람은 그 속마음을 알기가 어렵다. 오랜 역사 속에서 수많은 민족이 모였다 흩어지고 지배하다가 지배당하면서 함부로 자기 생각을 발설하면 아니 된다는 경험이 많았을 것이다. 가깝게는 1960년대 문화혁명이라는 이름의 광기 속에서 홍위병에 의해 수많은 지식인과 관료들이 목숨을 잃었으며 끝내는 홍위병들끼리도 서로 죽이는 무서운 경험을 중국 사람들은 했다. 그래서 그런지 자기들끼리도 여간해서는 속마음을 드러내지 않는다. 하물며 외국인에게는 어떻겠는가. 우리나라 사람 역시 중국 사람의 속마음을 제대로 알기는 대단히 어렵다. 이런 이유로 중국과의 비즈니스에서 대부분의 한국 사람은 큰 어려움을 겪는다.

2008년 강소성 남통시에 있는 공장에 갓 부임했을 때다. 한국전력과 유사한 중국의 국영 전력회사인 국가전망에서 제품

발주가 뚝 끊겼다. 생산량의 70%가 넘는 주문이 일시에 중단되니 회사가 휘청거렸다. 고객은 나를 만나주지도 않았다. 사람을 써서 원인을 알아보니 우리 제품의 품질 문제라고 한다. 그러나 그것은 겉으로 내세우는 명분에 불과하므로 수소문하여 진짜 원인을 알아보았다. 그러나 들려오는 이야기들 역시 구체적이지 않고 서로 다른 내용이라서 무엇이 진실인지 알 수가 없었다. 오랫동안 문제가 무엇인지조차도 알아내지 못하니 보통 초조한 것이 아니었다. 책임자였던 나의 꼴은 말이 아니었다. 나의 무능력은 한국의 본사에도 널리 광고가 되었다. 회사는 매우 어려워졌다. 그럼에도 내가 할 수 있는 일이라고는 내 사무실 안에서 고개를 푹 숙이고 바지 주머니에 손을 넣은 채 빙글빙글 도는 것뿐이었다. 하루에 수백 바퀴는 돌았던 것 같다. 나는 중국 고객의 횡포에 맞설 수 있는 지혜가 없었다.

공장이 있는 시골에는 술 한잔하면서 객고를 풀 만한 한국 식당도 하나 없었다. 조그만 식당에 부탁하여 삼겹살과 김치 그리고 소주를 구해다가 먹으며 신세한탄을 하였다. 소주를 한잔하면 조선시대 때 명나라나 청나라에 사신으로 간 선조들은 어떻게 그 어려움을 이겨냈을까 하는 의문이 들곤 했다. 조선시대 때 왕명을 받은 사신은 황제가 있는 연경(燕京, 지금의 북경)으로 갔다. 연경으로 가는 첫 번째 길목인 요양에는 요동도지휘사사(요동도사)가 있었다. 사신 일행은 공식행사를 마치고도 요동도사의 허락 없이는 요양을 떠날 수가 없었다. 그 이유는 앞으로 거쳐 가야 할 역참에서 식량을 제공받을 수 있는 증명서를 얻고 연경까지 쓸 말과 수레를 구해야 했기 때문이었다. 사신들은 가능한 한 일찍 요양을 벗어나 연경으로 가기 위해 백방 수소문하고 각 부서에 뇌물을 치고 다녔다. 그러는 와중에 요동도사나 관료들의 부하들은 은을 들고 와서는 조선의 토산품과 교환하자고 강요했다. 거래가 되어 물품을 받은 뒤에는 가지고 온 은을 도로 가져가 버리곤 하였다. 황당한 일이지만 사신들은 한마디 항의도 못했는데 그 이유는 그들에게 앞으로 부탁할 일이 많고 후환이 두려웠기 때문이었다.

이외에도 갈 길이 급한 사신들의 약점을 이용해 상인들은 수레나 노새의 임대료를 터무니없이 높이 부르고 버티는 경우가 비일비재하였다. 어떤 사신은 18일이나 요양에 붙잡혀 있었으니 자칫 연경에 늦게 도착해 왕명을 완수하지 못할 것 같아 얼마나 초조했겠는가. 요동도사의 속마음을 알 수 없었을지도 모른다. 아마 그도 나처럼 좁은 방 안에서 수천 번을 빙글빙글 돌았을 것 같다. 그 역시 대륙의 전문가로 육성된 사람이 아니고 조선 조정에서의 위치나 입장 때문에 사신을 맡아 파견되었을 것이다. 국가의 운명을 가르는 막중한 책임과 능력을 갖춘 사신의 마음을 일개 회사의 해외공장 책임자가 어찌 감히 짐작할 수 있겠냐만 그 사신과 수행원들의 고단함만은 그대로 나에게 전해졌다.

조선시대의 역사 드라마에서 청나라에서 파견된 사신들의 못된 행태가 흔히 등장한다. 또한 온갖 수모를 겪는 조선 관료들의 모습을 보았다. 청나라 대신의 태도는 그렇다손 치더라도 조선 관료들의 비굴한 모습에는 자존심이 몹시 상했었다. 그러나 내가 중국에서 억울한 일을 겪은 후에는 생각이 바뀌었다. 어찌 조선의 관료가 자존심이 없었겠는가. 조선의 관료들은 자존심을 버리고 나라의 이익을 도모하는 훨씬 큰 자존심이 있었던 것이었다. 하버드대학의 베스타 교수의 최근 저서 패권국과 의로운 국가(Empire and Righteous Nation)에서 이를 알 수 있었다. '중국이 오랜 세월 한국을 끝내 편입하지 못한 이유는 조선은 의(義)로운 국가였기 때문이다. 게다가 조선의 관료들은 명과 청의 내부 정보를 알아낸 뒤 그 정보를 이용하여 상대방을 능숙하게 다루고 적절하게 대처했기 때문이다'라고 말했다.

나는 황량한 시골 들판에 지어진 커다란 공장 옆의 누추한 식당 2층 골방에서 소주잔을 비우면서 조선시대 우리 선조의 행동에 대하여 비난했던 마음을 내려놓았다. 오히려 그분들의 노고에 대한 숙연함과 인내에 대한 존경을 갖게 되었다. 그리고 그 반도 따라가지 못하는 나 자신이 애처로웠다. 힘의 논리로 밀어붙이는 그리고 아무도 믿을 수 없는 이 중국에서 어떻게 해야 생존할 수 있는가 하는 생각에 술잔의 술은 씁쓸했다. 더 잘할 수는 정녕 없을까 하는 생각을 하면서 술에 취했다.

최근에 중국의 왕이 외교부장이 한국을 방문했다. 미국 대통령 선거 결과에 따라 한국이 미국에 편향될 것을 우려한 방문이라는 설도 있었고 시진핑 주석의 한국 방문을 사전에 조율하기 위한 행보라는 설도 있었다. 그동안 언론을 통해서 본 왕이의 인상은 총명하고 깔끔한 엘리트의 모습과 되바라져 무례한 태도가 복합적으로 나에게 각인되어 있었다. 몇 년 전 문재인 대통령이 중국을 방문했을 때 문 대통령의 어깨를 툭툭 쳐서 외교적 결례가 된 적도 있었다. 이러한 무례의 근저에는 중국의 국력과 위상이 우리나라에 비해 훨씬 높기 때문일지도 모른다. 왕이나 중국 정부가 그 일에 대하여 사과했다는 보도를 본 기억이 없다. 무릇 국가 간에는 오로지 힘에 근거한 질서만이 존재한다는 것을 왕이의 태도에서 재차 확인하니 씁쓸했다.

왕이가 강경화 장관과의 회담에 20분 늦게 도착했다. 그는 2019년 12월 서울에서 열린 한중우호 오찬에서도 1시간이나 늦었던 적이 있었다. 많은 외교 현안이 있음에도 기자는 다른 질문보다 우선해 큰 소리로 다음과 같이 질문했다.

"왜 회의에 늦었습니까?"

왕이는 바삐 회의실로 걸어가면서 대답했다.

"교통체증(Traffic)"

나는 마음속으로 통역을 했다. 기자는 "당신 왜 예의(禮義)를 지키지 않는 것이오?" 그러자 왕이는 "무례를 범하려 한 것이 아니고 피치 못할 사정이 생겨서"라고 대답한 것이다. 외교부는 왕이가 회의에 늦는다는 것을 미리 알려서 양해를 구했다는 식으로 발표했다. 왕이의 대변인을 자처했다. 우리 기자가 왕이의 바르지 못한 행동을 꾸짖는 질문에서 나는 의(義)를 느꼈다. 외교부 관료가 굳이 왕이를 위해 해명해 주는 모습에서 자존심을 내려놓고 적절하게 상대방을 다루는 선조들의 모습을 보았다. 훌륭한 선조들처럼 바른 도리로 살려는 의지와 나라의 이익에 자기의 자존심을 초개처럼 버리는 유산이 그대로 이어져 왔다. 그리고 영원히 이어져 갈 것이다.

중국 공장의 문제는 몇 년이 지나 내가 한국으로 돌아오기 직전에 다행스럽게 해결되었다. 그럼에도 그들이 왜 그렇게 했는지 아직도 나는 모른다. 문제가 해결되었다고 중국인의 속마음을 알 수 있는 것은 아니다.

머리와 가슴 사이

지금도 외국에 나가게 되면 가슴이 설렌다. 대학 시절 1970년대 말에는 대단한 일이었다. 밤 12시 통행금지 사이렌이 울릴 때 거리에서 붙잡히면 경찰서 보호실로 끌려갔다가 다음날 법원에서 즉결 처분을 받는 시대였다. 민족중흥을 위해서라면 개인의 자유는 희생되는 것이 당연하였다. 유학생이나 공무원의 공무, 기업인의 출장만 출국이 허락되었다. 여권을 신청하면 경찰서에서 신원 조회를 하였다. 반체제 이력이 있거나 가족이 월북을 한 경우에는 통과하지 못한다는 소문이 나돌았다. 외국으로 나가는 사람들을 한꺼번에 모아 놓고 반공교육을 했다. 외국에는 북한 공작원이 많아서 자칫하면 북한으로 납치가 되니 모르는 사람을 접촉하지 말라는 내용이었다. 이렇듯 외국에 한 번 나가려면 절차가 까다로웠을 뿐 아니라 나갈 조건을 갖춘 사람도 극히 제한적이었다.

큰형은 플라스틱 원료를 만드는 회사에 근무했다. 형은 가끔 일본이나 대만에 다녀왔으며 그때마다 진기한 선물을 사왔다. 부모님에게는 형이 가져오는 선물은 큰 자랑거리였고 나도 외국으로 다니는 형이 자랑스러웠다. 형이 대만에서 가져온 상아 도장을 나는 아직도 인감도장으로 사용하고 있다.

1989년 나도 처음으로 외국에 나가게 되었다. 미국의 피츠버그에 웨스팅하우스라는 회사가 있었는데 우리 회사에 기술을 제공하였다. 나는 그 회사에 약 4개월 동안 기술 연수를 가게 되었다. 그때는 프로야구의 탄생, 칼라 TV 방송, 통행금지 해제, 교복자율화, 대통령직선제 및 88올림픽 등으로 군사독재에서 갓 벗어난 시점이었다. 1989년 1월에는 해외여행도 자유화되어 모든 국민이 자유롭게 해외여행을 할 수 있게 되었다. 하지만 비용이 만만치 않아 해외여행을 가는 사람은 그다지 많지 않았다. 회사에서도 외국물을 먹어 보는 사람은 해외영업을 하거나 기술을 배우러 가는 기술자밖에 없었으니 외국 간다면 부러워했다. 나는 해외연수 한 달에 일 년을 의무로 근무해야 한다는 서약서에 사인했다. 회사 입장에서는 큰 비용을 들였는데 돌아와서 바로 이직하면 손실이 크므로 이를 방지하기 위함이었다. 나는 회사가 기회를 주는 만큼 오랫동안 근무하는 것은 당연하다고 여겼으며 선발된 것을 고마워했다.

2008년 베이징 올림픽은 성공적이었다. 중국인의 자긍심이 하늘로 치솟았다. 그렇지만 해외여행은 자유롭지 못했다. 해외에 나가는 절차 등 제반 조건은 20년 전 한국을 보는 것 같았다. 나는 중국 공장의 기술자들 10여 명을 한국 창원공장에 보냈다. 2009년의 중국에서도 1989년의 한국처럼 해외연수는 큰 특혜였다. 그들은 석 달 연수를 하면 향후 삼 년간은 회사를 그만두지 않는다는 서약 후 연수를 다녀왔다. 돌아오자마자 나는 사원들을 면담했다. 모두들 이번 연수로 느끼고 배운 것이 많다고 했다. 이런 경험을 하게 해준 회사에 감사하다 했다. 나는 이 사원들이 회사의 동량이고 이들 덕에 회사가 한 단계 성장할 거라는 기대를 했다.

며칠 후 그들의 월급 올려달라는 소리가 들려왔다. 놀랍기도 하고 황당하기도 했지만 나는 감정을 누르고 몇 명을 불렀다.

"회사에서 큰돈을 들여 한국까지 보내고 기술을 가르쳐 주었는데…. 돌아오자마자 월급을 올려달라고 하니 이해가 되지 않아서 그 이유를 알고 싶은데…."

그들은 도리어 놀란 듯이 고개를 갸우뚱거렸다.

"연수 가기 전후의 우리 가치가 달라졌습니다. 기업은 종업원의 가치에 따라 월급을 지급한다고 들었습니다. 우리가 뛰어났기에 연수에 선발되었습니다. 게다가 가서 배운 것도 많으니 우리의 실력은 틀림없이 올라갔습니다. 그래서 월급을 올려달라고 했고 그것은 당연하다고 생각합니다."

어려운 회사 형편에도 많은 인원을 보내어 그들의 성장을 바라던 나는 큰 배신감을 느꼈다. 아무리 배금주의가 중국에 급속도로 파고들어 돈이 최고의 가치로 변했지만 인간의 정리로 어떻게 그럴 수가 있는가. 월급 올려주지 않으면 위약금을 물고라도 그만두겠다는 사원들, 연수를 다녀오자 이를 높이 평가하여 위약금을 대신 물어주고 데려가겠다는 경쟁사에 대하여 환멸을 느꼈다. 이런 사원들을 믿고 어찌 기술을 공유하겠는가. 중국 사람들의 이러한 사고방식을 모르고 큰돈을 들여 연수를 보낸 나의 어리석은 판단이 한심스러웠다.

생각했다. 회사를 우선시하는 나의 사고를 깊이 생각했다. 내가 연수를 다녀와서 이직을 생각하지 않은 것이 정말 회사에 대한 충성심 때문이었을까. 아니면 갈 곳도 없고 가봐야 별 볼일 없기 때문이었을까. 아마 갈 곳이 없으니 이직을 상상도 하지 않았으리라. 회사의 이익을 우선하는 행동이 나의 가치를 올릴 수 있는 가장 쉬운 길이었으리라. 반면에 중국에서는 이들을 쓰겠다는 회사들이 수백 개나 널려 있었다. 그들은 굳이 회사와 같은 운명이 될 필요가 없었다. 그들 역시 본인에게 가장 유리한 길을 택하였다. 그렇다. 그들이나 나나 자신을 위해 살았을 뿐이다. 다만 환경의 차이로 유리한 길이 180도 달랐을 뿐이다. 나의 생각은 과거 한국의 특별한 환경에서 형성되었으며 보편성이 없었다. 내가 그들에게서 느낀 배신감이야말로 그들 입장에서는 황당한 생각이었다.

그들이 원하는 것을 수용했다. 일개 기업이 어찌 노동시장의 환경을 거슬릴 수 있겠는가. 아니 어찌 인간의 욕망을 거스르는 시도를 할 수 있겠는가. 그렇지만 마음은 아팠다. 인간에 대한 의리와 믿음이 무너졌다. 이익을 위해서는 기본적인 도리를 무시해도 되는 것인가. 그들과 어떻게 수많은 정보를 공유할 수 있겠는가. 그리고 사원들과 정보가 공유되지 않는 기업에 미래가 있겠는가.

머리로 이해된다고 해서 가슴으로 받아들여지는 것은 아니다. 생각은 바뀌었으나 내 마음은 신입사원 때 그대로다. 내 마음은 태어나서부터 지금까지 축적된 삶의 집합이다. 그것마저 버려버리면 긴긴 세월을 덧없이 허비한 것 같아서 차마 손댈 수가 없었다. 그 이후로는 연수를 거의 보내지 않았다. 어쩌면 그것이 나의 한계였다.

제2부 봄의 전령

눈 발자국

한강으로 가는 길가의 헐벗은 벚꽃나무 가지마다 눈꽃이 피었다. 그 눈꽃은 희다 못해 눈이 부실 지경이다. 참으로 아름답다. 벚꽃이 겨울을 보내고 봄이 되어서야 피는 이유는 눈꽃의 눈부심에 자신이 가려질까 두려워서다. 또한 벚꽃이 갑자기 피어났다가 갑자기 사라지는 것도 눈꽃을 보고 배운 것이다. 길옆에 소복이 쌓인 눈을 밟으니 아무 소리도 없이 발등까지 눈이 올라온다. 누군가의 발자국을 밟아보니 뽀드득하는 눈 소리가 난다. 눈이 나의 발걸음에 소리 내어 답해주니 괜스레 흥겹다.

한강 물은 얼었고 그 위에 눈이 쌓여있다. 몇 마리 되지 않는 철새들이 여기저기 흩어져 있다. 발이 시리지도 않은지 눈 덮인 강얼음 위에 서서 인형처럼 꼼짝도 하지 않는다. 물새 몇 마리가 슬그머니 날아와 동작대교 교각에 내려 앉는다. 수십 마리의 물새가 이미 원형 교각에 몰려 있다. 교각 주변의 강은 얼어 있지 않다. 그 조그만 연못 같은 해빙의 공간에 물새들은 마치 온천에 모여든 사람들처럼 북적거리며 오간다. 이 친구들 겨울이면 저 먼 시베리아에서 이곳 한강까지 날아온다. 얼음으로 덮인 세상에서는 살 수 없어 물을 찾아왔나 보다. 무슨 깊은 의미가 있겠거니 했는데….

서서히 어스름이 내리자 가로등이 켜진다. 가로등 불빛에 비친 눈꽃이 하얀빛으로 어둠을 밝힌다. 갑자기 다가온 짙은 밤안개가 강을 덮는다. 밤안개 너머 고층 아파트는 꼭대기만 아스라하게 보인다. 강은 어둠과 안개에 가려 보이질 않는다. 다만 강의 가까운 곳은 희미한 눈빛이 아련히 보이며 강의 존재를 짐작게 한다. 강의 나머지는 검은 밤안개 속으로 숨었다. 달빛도 없는 어둠 속에서도 눈 덮인 세상은 눈빛으로 스스로를 은은하게 보여준다. 걸을 때마다 발바닥의 감촉으로 눈이 느껴진다. 발걸음에 부서지는 눈의 소리는 내가 살아있음을 느끼게 해준다. 고개를 들어 멀리 바라본다. 밤안개의 흐릿함 속에서 가로등에 비친 눈 덮인 강가의 모습은 신비롭기만 하다.

아름답다. 세상이 이렇게 아름다웠구나. 이 아름다운 세상에 태어난 이번 생은 참으로 소중하구나. 오늘 한강의 눈 덮인 아름다움을 바라보다가 불현듯 오래오래 살고 싶어졌다. 나에게 있어 산다는 것은 죽지 않는다는 것이었다. 죽음으로 가는 고통과 세상과의 단절에 대한 두려움을 회피하려는 욕망이 살려고 하는 중요한 이유였다. 오늘 나는 살고 싶은 이유를 찾았다. 돈이나 명예나 권력의 단맛이 아니라 자연의 아름다움에 이끌려 찾았다. 이러한 갈망이 일어남에 나는 스스로 놀라고 있다. 아! 떠나기 싫다. 이 아름다운 세상을 보고 듣고 느끼는 그 행복을 누리고 싶다.

하나 나에게 이번 생에 남겨진 시간은 그다지 길지 않다. 모든 생명은 잉태되는 순간부터 죽어간다. '죽어간다'가 바른 표현이라면 문자 그대로 나는 '살아가고' 싶다. 점점 젊어지면서 아름다운 세상을 끝없이 보고 느끼고 싶다. 나에게 자손이라는 씨를 뿌리고 DNA를 전달하는 행위가 영원히 사는 길이라고 하지 말라. 나는 온전히 나로서 살아가고 싶다. 나는 누구인가. 과학은 나를 우주와 별의 폭발에서 생긴 원소의 합이라고 주장한다. 그렇다면 나의 미래는 흩어진 원소에 불과하다. 그러다가 또 다른 자연을 이루는 재료로 쓰인다는 것인가. 그것은 너무 허무하지 않는가. 내가 로봇과 다름없다는 그런 생각을 받아들일 수 없다. 나는 반드시 이번 생이 끝이 아닌 영원한 생명이어야 한다. 나에게만 영원한 생명이 있을 턱이 없으니 내 말이 맞으려면 우주의 모든 생명에게도 영혼이 있어야 한다. 그것이 말이 되냐고 나를 비난하지 말라. 나는 무엇이 진실인가를 주장하는 것이 아니고 무엇에 기대어 살 것인가를 찾고 있을 뿐이다. 이 아름다운 세상에서 영원히 살 수 있다는 희망이라도 품으려는 몸부림이다.

수많은 선지자들이 영원한 삶을 위하여 피나는 노력을 하며 살았다. 그런 분들은 지금 영원한 삶을 살고 있을까. 그들은 지금 어디서 무엇이 되어 있을까. 참으로 궁금하다.

내가 기억하는 두 분을 떠올려본다. 김수환 추기경은 하느님과 가장 가까운 곳에서 언제나 인간을 존중하고 행동했던 사람이다. 죽음을 기다리는 순간이 마치 대학 입시를 앞둔 입시생의 마음처럼 불안해서 후딱 시험을 치렀으면 좋겠다고 하였다. 죽음이 가까워지니 하느님을 원망하는 마음이 들기도 했다고 스스로 평범한 인간임을 고백하였다. 성철 스님이 설하기를 한 번 깨달으면 그것으로 그만 더 이상의 경지는 없다고 했다. 누구나 눈만 뜨면 그 순간 자신이 원래 부처라는 진리를 알게 된다. 자신을 위해서가 아니라 일체중생의 행복을 위하여 기도하라고 가르쳤다. 그들은 지금 어디서 무엇이 되어 있을까.

정신을 차리고 눈을 밟으며 집을 향한다. 누군가의 발자취로 다져진 눈 발자국을 밟으며 따라간다. 이번 생의 터전인 지구는 참으로 아름답다. 내 생명이 영원하다면 다음 생은 어디에 있을까. 지구보다 더 아름답고 행복한 곳에 갈 수 있을까. 갑자기 머리털이 쭈뼛 서고 등에 서늘한 기운이 돈다. 나의 지난 행실을 비추어 보아 나는 생명에 대해 차라리 다른 견해를 가져야 될지도 모르겠다. 우주의 원소가 결합되어 우연히 인간으로 태어났고 고장으로 죽어서 다시 원소로 분리되어 흔적도 없이 사라지는 결말이 더 나아 보인다. 그래도…. 그래도 미련은 남는다.

갓난 아기에게 말을 건네듯이

양평에 있는 용문사에는 우리나라에서 제일 오래되고 높이 자란 은행나무가 있다. 사대천왕이 지키는 천왕문을 지나서 대웅전 가는 길로 계단을 오르다 보니 왼쪽에 떡하니 서있었다. 은행나무의 높이가 42m이고 아래 둘레가 15m이니 실제로 옆에 서서 보면 입이 딱 벌어질 정도로 컸다. 게다가 나이가 1,100살이나 되니 자연스레 여러 가지 전설이 전해진다. 신라의 의상대사가 짚고 다니던 지팡이를 땅에 꽂았더니 뿌리가 내려 나무가 되었다고도 하며, 신라의 마지막 태자인 마의태자가 나라를 잃은 슬픔을 안고 금강산을 가는 길에 심었다고도 한다. 나라에 재앙이 있으면 이 은행나무가 소리를 내어 그것을 알렸다고 전한다. 고종이 세상을 떠났을 때 큰 가지 하나가 부러져 떨어졌다. 정미의병(1907년) 때 일본군이 의병들의 근거지이던 용문사에 불을 질렀으나 이 나무만은 타지 않았다. 신비로운 기운이 충만

하다고 여겨서 사람들은 대부분 이 나무 앞에 서서 소원을 빌고 대웅전을 향한다.

나무 앞에는 은행나무 모양의 노란 소원종이가 수없이 걸려 있었다. 소원종이에는 사람들의 간절한 소원을 정성스럽게 적은 글이 담겨있었다. 사람들이 원하는 것이 무엇인지 궁금하여 한참을 차근차근 읽었다. 소원이 매우 다양할 것으로 예상했으나 의외로 단순했다. 한마디로 말하면, 건강하게 오래오래 사랑하는 사람과 행복하게 살게 해달라는 것이었다. 아내가 소원 하나 남기자 했으나 나무가 인간의 소원을 어찌 알아듣겠나 하는 생각에 발길을 옮겼다.

아내의 뜻에 따라 대웅전 부처님께 찹쌀 한 포대를 올렸다. 부처님께 3배를 하면서 딸이 좋은 곳에 취직하기를 빌었다. 조용히 앉아서 부처님의 상호를 올려보았다. 그날따라 부처님의 표정이 묘했다. '돌을 호수에 던진 뒤에 정성껏 백년을 빌어 보거라. 그 돌이 물 위에 떠오르는지'라는 표정 같기도 하고 '자네! 언젠가 지인이 자네에게 자식을 취직시켜 달라는 청을 할 때 모질게 거절한 기억이 나지 않나?' 라고 꾸짖는 것 같기도 했다. 기도가 잘 되지 않았다. '모든 것은 자기의 업에 따른 것인데 복을 짓는 농사는 하지 않으면서 왜 절에 와서 되도 않는 청을 하는가?' 라는 생각이 들었다. 하긴 내 딸이 좋은 곳에 취직하면 남의 자식이 떨어질 터, 부처님이 들어줄 리가 있겠는가?

터벅터벅 걸으며 하산 길에 접어드니 아내가 물에 발을 담그고 싶다 하여 바로 옆 계곡으로 내려갔다. 흘러가는 물소리가 경쾌했다. 바위 돌에 앉아 발을 담그니 물방울이 튀면서 발이 시려 한여름을 느끼지 못할 정도였다. 사방으로 빽빽한 아름드리 나무가 계곡을 덮어 그늘을 만드니 아늑하고 시원한 것이 무릉도원이 따로 없었다. 나뭇잎은 신기하게도 다른 나무의 나뭇잎과 다투지 않고 하늘을 나누어 덮고 있었다.

'이 수많은 나뭇잎들이 어떻게 서로 남의 자리를 침범하지 않고 사이좋게 하늘을 나누어 가질 수 있단 말인가. 나무들이 서로 대화를 하니까 가능한 것이 아닐까.'

나무들은 오감이 없는데도 대화를 하고 있나 보다. 어쩌면 우주의 모든 생명체는 말 대신 다른 방법으로 대화하고 있을지도 모른다. 우리 인간은 말이라는 개념적인 부호를 만든 뒤 그 부호에 빠져서 자연계의 보편적인 대화 방법을 잊어버린 것은 아닐까.

'나무에게도 생명이 있다. 생명이 있는데 어찌 소원이 없겠는가. 나무는 어떤 소원이 있을까.'

나무는 그 삶이 단순하니 소원도 단순하겠지. 나무가 가질 만한 소원을 생각해 보았다. 그 소원은 기껏해야 건강하게 오래오래 좋은 이웃들과 함께 행복하게 사는 정도일 것 같다. 그러다 나는 갑자기 소스라치게 놀랐다.

'아! 그렇구나. 나무나 사람이나 소원이 똑같구나. 은행나무도

인간과 똑같은 소원을 갖고 있으니 내가 소원을 빌면 알아차리고 들어줄 수도 있겠구나!'

벌떡 일어나 은행나무로 달려갔다. 만물을 관장하는 부처님은 공정하여 나만의 소원은 들어주지 않을 것이다. 그러나 은행나무는 자기에게 도움을 청하는 이의 소원을 들어줄 것만 같았다. 아내는 노란색 소원종이를 하나 구해서 정성껏 적었다. '사랑하는 내 딸 수진이가 좋은 곳에 취직하여 즐겁게 생활하기를 빕니다.' 은행나무 앞에 소원종이를 걸고는 합장했다. 사람의 언어가 아닌 은행나무도 이해할 수 있는 전달 방법을 생각했다. 그 방법은 딸의 모습을 떠올리고 딸이 행복해하는 모습을 마음으로 그려서 나무에게 전하는 것이었다. 은행나무가 나의 소원을 알아들었을까. 인간만이 아는 말이나 글 대신 마음으로 전달하였으니 알아들었을 것이다.

내 책상 위 유리컵 속에 조그만 행운목이 하나 있는데 손톱만한 돌들에 뿌리를 내리고 있다. 오늘따라 새삼스럽게 관심을 갖고 나무의 잎을 보고 만진다. 내가 나무를 혼자 내버려두고 눈길 한 번 주지 않으니 외로워서 그런지 잎이 움츠려 있다. 이 나무도 나름 소원을 갖고 있을 것인데 내 곁에 온 지 반년이 지나도록 나랑 대화를 해본 적도 없으니 무슨 희망이 있겠는가. 어찌 이 나무뿐이랴. 살면서 수많은 생명들이 나에게 소원과 사랑을 보냈을 것이다. 특히 가족, 친구, 동료는 물론이고 그 밖에도 많은 사람들이 절실한 메시지를 보냈을 것이다. 그러나 그들이 마음으로 보내는 메시지를 나는 알아듣지 못했다. 사람들은 응답 없는 나로 인해 많이 아팠을 것이다. 책상 위 나무 바로 옆에 둔 모기약을 멀리 치우고 그 자리에 식탁에 있던 예쁜 나무를 친구하라고 가져왔다. 그리곤 행운목을 바라보며 말을 건넸다.

"자네, 그동안 미안했네. 이제 서로 이야기를 나누세."

순간 알아듣지도 못하는 갓난아기나 강아지에게 정겹게 말을 건네는 아내가 떠올랐다.

야단맞아 술맛 좋은 날

옛 직장 동료 세 명과 함께 낚시하러 갔다. 그중 한 분인 홍 사장은 1년 전 퇴직하고 난 뒤에 갑자기 낚시광이 되었다. 그에게 어복이 있는지 갈 때마다 배에서 제일 큰 고기를 여러 마리 잡고는 금의환향했다. 우리는 홍 사장이 낚시에서 돌아오면 노량진 수산시장에 모여서 그가 잡아온 자연산 회를 배가 터지도록 즐기곤 했다. 말로만 듣던 자연산 회를 이렇게 먹게 해준 그에게 우리는 침이 마르도록 찬사를 보냈다. 식탁 위에 놓인 회를 보고 그는 이 고기를 잡기 위해서 미끼는 무엇을 썼고 채비는 어떻게 장만했고 낚싯바늘은 수심 몇 미터에 위치시켰는지를 조목조목 설명했다. 게다가 입질을 인지한 후 낚아 올릴 때까지의 무용담을 맛깔나게 전개했다. 자꾸 듣다 보니 어느새 그 세계에 빠져들어 급기야 우리를 낚시에 데려가 달라고 요청하는 지경에 이르렀다.

부안군 소재 격포항을 향했다. 밤 열두 시에 출발한 차 속에서 홍 사장은 우리에게 민어 낚시하는 법을 교육했다. 뒷자리에 잽싸게 앉아 편안한 자세를 취하고 비몽사몽간에 자장가 삼아 교육을 들었으니 머릿속으로 들어갈 턱이 없었다. 낚시가 뭐 별거 있겠어! 일반 상식이면 충분하다고 여기며 거리낌 없이 잠을 청하다 보니 격포항에 닿았다. 새벽 네 시 출항하는 낚싯배에 올랐다.

난생처음 배를 타고 낚시를 하게 되었다. 항구를 떠나 어둠을 가르며 배는 질주했다. 갈매기 두 마리가 끈질기게 배를 따랐다. 홍 사장을 포함한 낚시꾼들의 복장은 멋있었다. 그들은 산뜻한 구명조끼에 편한 낚시용 하의와 아쿠아슈즈를 신은 폼이 얼핏 봐도 고수의 냄새가 풍겨왔다. 반면에 배에서 제공하는 투박한 구명조끼와 등산복을 입고 운동화를 신은 우리는 양복 입고 조깅하는 사람마냥 촌티가 나서 누가 봐도 초보자로 보였다. 그런들 어떠하겠는가. 전문 낚시꾼이 될 생각도 없고 오늘 하루 즐기면 되지. 옷 좋다고 고기 잘 낚는다는 이야기를 들어 본 적도 없고 많이 잡으면 그게 배에서는 인격이지.

엔진 소리가 잦아들더니 선장이 마이크로 간단히 설명했다. 버저 소리가 '삑'하고 한 번 울리면 낚싯줄을 내리고 '삐~삑' 두 번 울리면 낚싯줄을 올리라는 이야기다. 버저 소리에 맞추어 호기 있게 줄을 내렸다. 줄은 해류를 타고 배의 밑으로 빨려들어

갔다. 땅에 한 번 닿나 싶더니 계속 풀렸다. '이상하다' 하면서도 계속 줄을 풀고 있는데 선장이 봤다.

"12번, 줄을 계속 풀면 어쩝니까? 감아요! 건너편 낚싯줄에 다 얽히겠어요."

나는 놀라서 줄을 감았으나 줄은 도리어 풀렸다. 어디에 제대로 걸린 모양이었다. 그래서 힘껏 낚싯대를 들어 올리니 심하게 구부러져서 터질 것만 같았다. 옆에 있던 분이 깜짝 놀라 '낚싯대 부러진다!'라고 외치며 내 낚싯대를 잡더니 잡아채서 줄을 끊어 버렸다. 조용한 뱃전에서 난리가 났다. 선장이 마이크에 대고 애꿎은 홍 사장에게 한마디 했다.

"아니! 초보자들을 데리고 왔으면, 데리고 온 사람이 교육을 제대로 시켜야지요. 초보자를 방치하고 자기는 혼자서 고기 잡으려고 하면 됩니까? 사무장님, 12번부터 초보자들 한 번 봐주세요."

사무장이 부리나케 달려와 줄이 걸렸을 때 응급조치하는 방법을 가르쳤다. 그렇지만 그 이후에도 제대로 하지 못해서 사무장까지 선장에게 핀잔을 들었다. 선장은 급기야는 나에게도 짜증을 내었다.

"아까 사무장이 그렇게 하지 말라고 했잖아요. 왜 자꾸 그러십니까! 사무장님, 다시 설명하세요."

선장은 포인트에서 낚시를 내리고 얼마 지나지 않아 낚시를 올리라는 신호를 보냈다. 그러고는 다른 곳으로 이동했다. 12시간 동안 무려 60군데가 넘는 포인트를 옮겨 다니면서 올렸다 내렸다 하였다. 선장은 선장실에 앉아 백미러와 각종 모니터를 통해 낚시꾼들의 일거수일투족을 손바닥 보듯이 알고 마이크로 순간순간 지휘하였다. 낚시꾼들은 훈련이 잘된 군인처럼 선장의 신호에 따라 군소리 없이 풀었다 감았다를 반복했다. 선장에게 있어 고기를 많이 잡게 해준다는 명성은 돈벌이의 핵심일 것이다. 그렇지만 오늘 배에서 본 바로는 돈벌이보다도 버저 소리에 맞추어 일사불란하게 움직이는 낚시꾼들을 지휘하는 재미가 훨씬 더 뿌듯할 것 같았다. 혼자서 높은 곳에 앉아 마이크를 독점하고 지휘하는 선장은 배 위에서는 대통령도 부럽지 않아 보였다.

민어가 그다지 보이질 않았다. 횟집에서 자연산 민어 한 마리가 무려 30만 원이라 했다. 그런 민어가 많이 잡힐 리가 없었다. 그래도 우리 네 명 중에서 나를 제외한 세 사람이 한 마리씩을 잡았다. 해가 중천을 지났다. 출렁거리는 바닷물에는 강렬한 태양빛이 반사되어 눈이 부셨다. 갑자기 뭔가 묵직한 느낌이 들었다. 손맛이 장난이 아니었다. 낚싯대는 휘청거리고 흔들렸다. 사무장도 멀리서 보더니 민어라고 판단하고는 뜰채를 들고 달려왔다. 그는 바닷속을 살피더니 나에게 눈길도 주지 않고 가버렸다. 민어가 아니었다. 장대였다. 낚싯바늘의 위치를 조절하지 못하여 민어 대신 장대가 잡혔다. 민어 낚시에서 장대는 천대를 받는다. 잡힌 장대는 다시 물속에 던져진다. 소중한 생명을 방생하는 마음이 아니고 민어 대신 잡힌 그놈이 미워서 던져버린다. 그러면서 민어가 잡히기를 바란다. 나는 쓸데없이 장대만 무려 여섯 마리나 잡았다.

돌아갈 시간이 다 되어 갈 무렵 선장이 긴가민가하면서 살살 감고 있는 나의 낚싯대를 보더니 큰소리로 외쳤다.

"빨리 감으세요! 뭐 하세요? 빨리 감지 않고! 사무장, 12번 가보세요!"

모든 사람이 집중하는 가운데 급히 줄을 감아올리니 미끼가 사라진 빈 낚싯바늘만 흔들거렸다. 뭐라 하는지는 몰라도 선장이 혼잣말로 투덜거리더니 급기야 소리쳤다.

"오늘은 되지도 않겠으니 그만하고 돌아가겠습니다."

12시간의 대장정이 끝났다. 하루종일 민어는 구경도 못했다. 그 대신 쓸데없이 장대나 잡고 선장의 야단만 맞았다. 공짜도 아니고 비싼 뱃삯을 들였음에도 나는 손님이 아니라 동네북이 된 느낌이다. 홍 사장이 우리에게 웃으며 말한다. 선장의 부인이 출항 전날 전화를 했다고 한다.

"우리 배가 두 척이 있는데 혹시 '2호' 배를 타시면 안 되겠습니까? 선장이 초보자가 '1호'를 타면 다른 사람에게 방해가 된다면서 '2호' 타기를 권합니다."

홍 사장은 선장의 능력을 잘 알기에 '1호'를 꼭 타겠다고 사정했고 부인도 마지못해 허락했다고 한다. 선장은 낚시꾼들이 고기를 많이 잡는 것과 본인의 명예를 동일시하는 사람으로 보인다. 그제야 선장의 행동이 이해가 되었다.

어디 선장뿐이겠는가. 사람마다 자기의 명예와 동일시하는 저마다의 가치가 있다. 불현듯 오랫동안 근무했던 회사의 회장님 생각이 난다. 회장님에게 가장 소중한 가치는 회사의 성장이었다. 그는 회사의 성장을 위해서는 우리를 가르쳐야 된다고 생각했다. 여든 살이 넘은 회장님은 환갑이 된 우리를 공부하지 않는다고 어린아이 야단치듯이 가르쳤다. 그런데 오늘 낚싯배에서 회장보다 더 높은 선장을 봤다. 하루종일 야단맞았어도 그다지 기분이 나쁘지 않다. 오히려 선장으로 인해 옛 추억이 소환되어 나도 몰래 잔잔한 그리움이 솟아났다.

술맛이 참 좋다.

억새는 그냥 누워 있었다

홍수가 지나갔다. 강물은 강을 넘쳤다가 다시 강으로 되돌아갔다. 내 키의 세 배 되는 높이로 침범했던 강물이 돌아간 후의 강변은 처참했다. 사람들은 이른 아침부터 잠수교 바닥에 남겨진 진흙을 치우느라 분주했다. 갈색 뻘을 걷어내자 바닥이 드러났다. 강에 바로 붙어서 살았던 나무들은 바다를 향해 기울었다. 일부 나무들은 뿌리째 뽑혀 아예 누워버렸다. 땅 위로 드러난 나무뿌리에는 거센 강물에 쓸려온 건초와 진흙이 뒤엉켜 너저분했다. 뿌리는 이미 죽은 것 같은데도 가지와 잎은 생생했다. 오래지 않아 시들어 버릴 그 가지와 잎이 자기 운명을 아는지 모르는지 푸르름을 뽐내고 있었다. 그래서 더 애처로웠다. 둔치의 산책로 주변 나뭇가지에도 기다란 풀이 매달려있었다. 강변은 마치 폭격을 맞아 허물어진 건물의 잔해처럼 참혹했다.

홍수 전 한강변의 억새는 꼿꼿했다. 억새의 숲은 멀리서 보면 푸르른 새것들로 보이나 가까이 가보면 누런 헌것들이 무수히 섞여 있었다. 푸른 잎이 자랑인 젊은 억새는 바람 따라 휘청거렸다. 누렇게 퇴색한 억새는 마치 젊은 억새의 버팀목이라도 되는 양 꼿꼿이 서 있었다. 지난겨울을 넘으면서 억새의 머리는 잘려 나갔고 잎은 떨어져 버렸으나 줄기는 자리를 굳건히 지켰다. 떠나야 할 것들, 어쩌면 이미 떠난 것들이, 염치없이 자리 잡고 있었다. 철이 지났는데도 바둥거리는 모습은 나의 처지를 연상시켜 더욱 안쓰러웠다. 억새 역시 홍수에 쓰러졌다. 푸른 억새든 퇴색한 억새든 함께 바다를 보고 쓰러졌다.

산책로는 발목까지 뻘로 덮였다. 그 뻘 위로 손바닥만 한 게가 지나간다. 길을 잃은 게는 강의 반대편으로 방향을 잡고 말았다. 삶의 반대 방향으로 가는 게의 한 걸음 한 걸음이 안타까웠다. 그 길에 청소하는 장비차가 나타났다. 불도저처럼 생긴 차의 앞부분 회전축에서 방사상으로 뻗어 나온 촘촘한 빗자루살이 빠른 속도로 돌아갔다. 차가 지나가면서 뻘은 길가로 밀려났다. 뻘은 쓰러진 억새와 풀들을 사정없이 덮어버렸다. 뒤이어 물차가 와서 산책로를 물로 세척했다. 그러자 길 위에 홍수의 흔적은 보이지 않았다.

불어난 강은 상류의 혼탁함을 품에 안고 바다를 향해 갔다. 가다가 힘에 겨우면 그 혼탁함을 곳곳에 떨구어 버렸다. 한때 천막이나 곡식의 포대로, 비닐하우스로, 음료수병으로, 보온재로 인간과 같이 호흡하던 것들이 찢어진 천, 비닐, 페트병, 스티로폼 조각으로 생을 마치고 여기저기 널려있었다. 천이나 비닐은 나뭇가지에 얹혔다. 얼핏 보면 마치 서낭당의 서낭나무에 걸어놓은 색색의 천 조각같이 보였다. 허나 그 형상은 너저분하고 스산했다. 수많은 페트병과 스티로폼 조각들이 풀 위에 뒹굴었다. 아직도 황토빛을 띤 강물은 바다를 향해 빠른 속도로 흘렀다. 그 강물 따라 스티로폼 조각들도 멀어져갔다. 홍수는 한여름의 젊었던 한강을 퇴색시켰다. 얼마나 긴 세월이 지나야 예전의 모습을 볼 수 있을지 상상이 되지 않을 정도로 홍수의 흔적은 넓고 깊었다. 홍수가 난 뒤의 강과 강변은 죽은 것들이 살아 있는 것을 덮쳐버린 세상이었다.

태풍 바비가 왔다. 장마로 상한 가재도구를 채 밀리기도 진에 또다시 태풍이 닥치니 여기저기서 하늘을 원망하면서 체념하는 목소리가 들려왔다. 제주도와 전라남도 해안을 강타한 태풍은 수도권에는 가볍게 스친 뒤 황해도에 상륙하여 만주로 빠져나갔다. 비가 그치자 홍수로 참혹했던 한강으로 나갔다. 태풍이 어떤 위세를 덧붙였는지 궁금했다.

한강의 나무들은 놀랍게도 말끔해졌다. 잎은 푸르고 가지들은 윤기가 났다. 밤새 불어 닥친 세찬 바람이 나뭇가지에 걸쳐 있던 퇴색한 풀들을 모두 날려버린 것이다. 그 수많던 기다란 풀들이 흔적도 없이 사라져버렸다. 시각이 후각을 지배하는지 숲에서 흘러나오는 청량한 냄새가 느껴졌다.

동작대교를 지나서 강가에 붙은 산책길로 들어서니 노란 금계국이 눈앞에 확 나타났다. 같이 피었던 하얀색 마가렛은 이미 시들어 버렸는데, 금계국은 홍수와 태풍에 살아남아 마지막 빛을 발하고 있었다. 그리고 그 옆에 노란 마타리꽃이 피었다. 좁쌀보다도 작은 꽃들이 무리지어 마치 신부의 면사포 같았다. 꽃은 모두 줄기의 끝에 달려있었다. 축 처져 아래를 향한 줄기의 끝에도 꽃이 피었다. 그런데 그 줄기는 안간 힘을 다해 몸을 구부려 꽃만은 하늘로 향하도록 했다. 아! 그 꽃에 벌과 나비가 앉았다.

잔혹하게 덮었던 진흙 밖으로 풀들이 고개를 내밀었다. 더러는 새싹이, 더러는 묻혀있던 풀이 기어이 고개를 들었다. 강물은 며칠 전보다 놀라울 정도로 푸르러졌다. 한동안 보이지 않던 물새 몇 마리가 들락날락하면서 물속을 기웃거렸다. 수상스키를 끌고 모터보트는 질주했다. 참새는 제 세상을 만났다. 수많은 참새가 동시에 후루룩 날아올랐다. 홍수로 천적인 뱀이나 길고양이가 사라진데다 먹거리가 지천에 널렸으니 활개를 쳤다.

홍수와 태풍으로 강은 축 처져 있을 것이라고 짐작했으나 그렇지 않았다. 강은 새로워진 것이었다. 더욱 향기로워진 것이었다. 누워있던 억새가 일어나고 있었다. 푸른 잎을 가진 젊은 억새는 땅을 박차고 일어나고 있었다. 함께 쓰러졌던 퇴색한 억새는 그냥 누워있었다. 나는 퇴색한 억새가 일어서지 않아도 아무렇지 않았다.

봄의 전령

아직도 춥다길래 두툼한 패딩을 입고 한강을 향한다. 목련이 혹시 피었나 싶어 둘러보아도 흔적이 없다. 2월 마지막 날은 아직도 겨울인 모양이다. 나뭇가지들은 하나같이 바짝 말라 살아날 것 같지 않다. 단풍나무 잎이 겨울의 삭풍을 견디어 내고 가지에 수두룩하게 달려있다. 한창때 선홍색을 자랑하면서 손바닥처럼 쫙 펼쳐 보이던 그 모습은 간데없고 퇴색한 채 형편없이 움츠러들어 주먹을 꼭 쥐고 있는 모습이다. 간간이 불어오는 바람에 흔들리니 나뭇가지도 덩달아 흔들거린다. 겨울이 다 지나도록 땅에 떨어지지 못하고 구겨진 채로 가지에 매달려 있는 잎을 한참 바라다본다. 그 모습에서 뭔가 의미 있는 일을 해보려고 발버둥치는 내가 연상되니 우울함이 밀려온다.

강이 푸르다. 강렬한 햇빛이 강물에 반사되어 눈이 부시다. 물새들의 움직임이 활기차다. 먹이가 많은지 연신 물속으로 드나든다. 참새들이 나뭇가지에서 떨어지듯 내려와서 갈대 위에 앉는다. 그러면 황토색 참새는 누런 갈대에 숨겨져 보이질 않는다. 다가가면 갑자기 수십 마리의 참새가 스프링처럼 튀어 올라 근처의 나뭇가지로 피한다. 이 친구들은 노는 폼이 먹이를 찾아 나선 것 같지는 않다. 옛날 나 어릴 적 살던 골목의 소꿉동무들처럼 날이 밝자 친구 찾아 놀러 나온 것이 확연하다. 까치 세 마리가 자기를 보란 듯이 사이좋게 날아다닌다. 돌고래가 헤엄치듯이 저기 먼 나무까지 파도처럼 날아간다. 혼자서 다니길 좋아하는 까치마저도 오늘은 웬일인지 집 짓기를 멈추고 친구랑 어깨동무하고 흘러 다닌다.

오늘따라 혼자서 산책하는 여인이 많다. 며칠 전만 해도 다들 두꺼운 패딩을 입고 다녔다. 여인네들은 길고 두툼한 검은색 패딩을 하나같이 입고 있어 그 모습이 마치 펭귄 같았다. 그때의 한강은 펭귄 같은 여인들이 종종거리며 다니는 겨울 왕국이었다. 그런데 오늘은 훌훌 벗어 버리고 저마다 다른 모습으로 나타났다. 그때나 지금이나 기온 차이는 크지 않은데 무슨 바람이 불었길래 이렇게 변했는지 알 수 없는 일이다. 강변 산책로를 벗어나 물가에 바짝 다가가 셀카를 찍는 여인이 있다. 족히 오십은 되어 보이는 여인의 행동에는 다른 이를 의식하는 시늉도 없다. 혼자서 고개를 들었다 내렸다 하다가 휴대폰을 왼쪽 오른쪽으로 옮기면서 분주히 사진을 찍고 있다. 앵글을 조정하고 배경을 바꿈으로써 더욱 아름다워지는 자기 모습에 취했는지 한참을 지켜보아도 멈추질 않는다. 마스크로 얼굴의 대부분을 가린 상태에서 무엇을 남기려고 사진을 연방 찍어대는지 그 이유를 알 수가 없다.

한강대교를 향하는 산책길 위 바로 눈앞에서 이제 갓 스무 살이 됨직한 처녀가 셀카를 찍는다. 휴대폰의 빨간 카바를 열고 두 손을 높이 들어 내려보면서 찍는 모습이 참 발랄하다. 모자가 달린 봄 잠바가 눈에 띈다. 질감이 부드러워 보이는 옅은 고등 색 잠바를 회색의 스웨터에 받쳐 입었는데 검은색 바지와 잘 어울린다. 바지는 얇아서 바람에 하늘거린다. 어깨를 덮을 정도의 긴 머리를 뒤에서 잘 묶어 깔끔하다. 정돈된 머리와 목이 만나는 선을 옆에서 우연히 보니 참으로 매혹적이다. 내 그다지 관능적이지 않다고 여겼으나 정돈된 머리의 선이 아름다워 눈을 떼지 못한다. 당황스럽다.

긴 겨울 동안 꼭꼭 숨겨온 목선이 드러나니 나도 몰래 마음이 들뜨는 것인가. 신기한 일이다. 마스크로 코와 입이 보이지 않는 상태에서 아름다움을 느낀다는 것이 믿어지지 않는다. 얼굴 전체가 아니라 일부분의 모습만으로도 충분히 아름다움을 느낄 수 있다는 것이 놀랍다. 이제 마스크가 일상이 되었다. 귀, 머리카락 그리고 목덜미까지 그동안 눈여겨보지 않았던 곳에서 아름다움을 느낀다. 오늘에서야 조선시대 사대부집 처자의 단아

한 자태와 얼핏 본 머리처네 속 얼굴에 반하여 상사병이 걸린 총각의 마음을 알 것 같다. 아름다움은 어쩌면 보지 못하다가 살짝 보는 데서 절실하게 드러나는 것일지도 모른다. 여인네들이 마스크에 덮이지 않은 곳의 사진을 찍으며 자세히 보다가 자신의 아름다움에 스스로 빠질 수도 있겠다.

봄은 오지 않았는데 한강은 이미 봄이 온 것처럼 부산하다. 해마다 봄은 왔지만 언제나 나도 모르게 갑작스레 왔었다. 봄이 무르익어 겨울을 잊어버리고 난 뒤에야 봄이 온 것을 알았다. 봄은 목련이 필 때가 아니라 목련이 피려고 할 때부터이다. 그래서 겨울부터 봄을 기다려야 봄의 시작을 만날 수 있다. 올해는 유난히 봄이 기다려진다. 봄이 오면 말라비틀어진 단풍나무 잎이 어떻게 되는지 꼭 보고 싶다. 새로운 잎이 나오는 것을 확인하고는 물러나는 것인지. 아니면 늦게나마 자기 자리가 아님을 깨닫고 땅에 떨어지는 것인지. 그 어느 것이라도 나의 우울함을 달래주지는 못할 것이다. 그래도 나는 굳이 그것이 알고 싶다. 그래서 알아낸 자연의 이치에 따라 다가오는 나의 겨울을 준비해야겠다. 봄이 오면 겨울 속에 웅크리고 있던 아름다움을 하나씩 하나씩 꺼내 보고 싶다. 지금까지 마스크가 없던 세상에서 보았던 아름다움에서 벗어나 아름다움의 진면목을 찾고 싶다.

이제 추워도 겨울옷을 접어야겠다. 마스크로 가려지지 않은 부분을 소중히 여겨야겠다. 머리도 단정하게 깎고 눈썹도 가지런히 정리하고는 이마에 깊게 팬 주름을 어떻게 해야겠다. 마스크를 한 채로 이런저런 표정을 지어보며 멋진 표정을 만들어 보아야겠다. 여인네들의 셀카를 찍는 부산함 속에서 깔끔하게 드러난 처자의 단정한 머리와 목선이 나에게 봄의 전령이 되어 나타났다.

재건축

지금 사는 아파트로 거처를 옮긴 것도 벌써 일 년 반이 지났다. 거의 40년이 되어가는 이 아파트의 주민들은 대부분 나이가 많이 드신 분들이다. 엘리베이터에서 만나면 서로 공손히 인사한다. 할아버지 집에 다니러 온 것 같은 손자들도 깍듯이 인사하니 요즘 아파트치고는 훈훈해서 이사 오길 잘했다는 생각이 들곤 했다. 아내가 더운 여름에 시원하게 다니라고 슬리퍼를 사왔다. 양말 벗어 던지고 슬리퍼를 신고 반바지를 입으니 나다니기가 편했다.

집을 나설 때마다 마스크를 착용하고 엘리베이터를 탄다. 한강으로 나가는 길은 한적하여 사람들을 마주칠 일이 별로 없어 마스크를 턱에 걸고 다니곤 한다. 코로나가 무서워 매개체인 인간을 멀리하게 된 것이 벌써 반년이 넘어간다. 아파트에서 나오자마자 서빙고역이 있다. 서빙고역과 아파트 사이에는 골목길이 있는데 한강으로 통하고 철길 넘어 시내로 통한다. 그 좁은 골목길을 접하여 약 40채 되는 허름한 집들이 다닥다닥 붙어있다. 그 집들은 역과 아파트 사이의 푹 꺼진 낮은 대지에 자리하여 답답하게 보인다. 대부분은 지은 지 오래되어 퇴색한 벽에 군데군데 시멘트가 발려져 있다. 지붕은 천막으로 둘러 빗물이 새지 않도록 되어 있으니 허름하기 그지없다.

그런데 최근에 번듯한 5층짜리 건물들이 무려 4채나 지어졌다. 하루가 다르게 건물들이 올라가더니 얼마 지나지 않아 사람들이 입주하고 차들도 많아졌다. 집을 동시에 갑자기 짓는 이유가 무엇인지 궁금하였다. 동네 아저씨에게 물어보니 아파트가 재건축될 때 이 동네 집들도 함께 재건축되기를 기대하고 있으며 그 경우 집을 지어 여러 세대로 분리해 놓으면 많은 보상을 받을 수 있다는 것이다. 어떻든 덕분에 길은 넓어지고 밝아져서 한강 가는 산보 길이 쾌적해졌다.

한강이 많이 불었다. 공원 안내 방송에서 위험하니 산책로에서 벗어나라고 하는데도 욕심내어 강물이 거의 다다른 벤치에 앉는다. 저 멀리 강 건너를 바라본다. 도도한 강물을 두려워도 어울리려고도 하지 않는 새 아파트가 위용을 자랑한다. 그 아파트 한 평이 일억을 넘었다고 한다. 고작 성냥갑 같은 아파트 한 채를 얻기 위하여 사람들은 일생동안 피눈물나는 노력을 하고 있다. 이제는 가격이 너무 올라 그 성냥갑 한 채를 산다는 꿈이라도 꿀 수 있는 사람은 극히 드물다. 강 가운데를 흐르는 강물은 무서운 속도로 바다를 향한다. 비는 싫은데 빗소리는 좋다는 말처럼 강이 불어 불편하지만 강물이 흘러가는 기세는 좋다. 흘러가는 강은 세상의 혼탁함을 품고 있다. 가장자리의 강물은 흐르지 않는데 멈춘 그 강물에는 인간이 사용하던 온갖 잡동사니들이 떠 있다. 지난밤에 물이 불어 산책로까지 덮었던 것 같다.

강물이 넘쳐 지나간 산책로는 상류에서 내려온 진흙이 쌓여 뻘밭으로 변했다. 새로 장만한 슬리퍼의 효용을 보려는 듯 굳이 뻘 위를 걸어본다. 뻘은 복숭아뼈에 닿아 질퍽거린다. 그 위로 손바닥만 한 게들이 기어 다니다 나의 인기척을 느꼈는지 갑자기 움직임을 멈추고 죽은 듯이 멈춰 있다. 그 옆에 소금쟁이가 고인 물위를 번개처럼 지나간다. 비가 왔다 그쳤다 하는 틈을 타서 참새, 잠자리 그리고 하루살이가 부지런히 날아다닌다. 새삼 '이 친구들은 집장만 걱정 없이 잘만 사는데 왜 인간은 집장만에 죽을 고생을 하게 되었을까?' 라는 의문이 든다.

카톡이 시끄럽다. 아파트 재건축을 위해서 주민들 간의 대화를 목적으로 개설되었는데 최근에 발생한 이슈로 자주 울린다. 강변에 있는 주민들이 정남향 강변조망권을 보장하라고 요구하고 이를 무시하면 조합설립이 되지 않도록 집단행동을 하겠다고 주장하였다. 이에 따라 조용하던 단지가 벌집을 쑤신 듯이 북적거린다. 어떻게 그런 무리한 주장을 할 수가 있느냐는 비난, 그렇다면 남산을 바라보는 남산 조망권도 보장하라는 물타기성

요구에다 이러면 재건축이 무산되고 그 결과 아파트가격이 폭락하게 된다는 전체를 아우르는 주장까지 봇물처럼 터지고 있다. 혀를 차고 멀리 떨어져 방관하는 척 하다가 나도 글 한마디 올려 본다. 여러 가지 미사여구를 동원하였지만 결론은 내 재산이 손해 보아서는 아니 된다는 것이다. 다른 분들의 글도 잘 읽어 보면 상대방이 이익을 보면 내가 손해를 본다는 것을 다양한 방법으로 표현하는 것에 지나지 않다. 난제다.

아파트 통로 현관문을 통과하니 엘리베이터 안에서 아랫집 아저씨가 버튼을 누르고 나를 기다려준다. 이사오자마자 소음이 심하다는 그의 항의를 받은 뒤에는 만날 때마다 불편하지 않은지 물어본다. 그 역시 나를 만나면 처음과 달리 웃으면서 맞이한다. 습관처럼 그에게 물어본다.

"요즘은 시끄럽지 않습니까? 최대한 조심한다고 하는데…."

그는 웃으면서 답한다.

"한 번씩 밤에 쿵쾅거리는 소리에 잠을 깨는 경우가 있어요. 아파트가 소리가 나면 아래층 소리인지 위층 소리인지 구분이 가지 않아요. 아마 다른 데서 나는 소리인 것 같습니다."

나에게 부담을 주지 않으면서 더 조심하라는 경고의 뜻을 에둘러 표현한 것이리라. 그래서 나도 짐짓 한마디 덧붙였다.

"맞습니다. 오래된 아파트다 보니 방음이 너무 문제인 것 같습니다. 어서 재건축이 되어야겠는데…."

그냥 전달하는 것이라니까요. 그런데 차마 전달만 했다 하는 사람은 없더라고요. 사실 세상일이 다 그렇잖아요. 장관, 비서실장이나 수석들도 알고 보면 다 전달만 하는 사람이거든요. 그래도 일이 제대로 되지 않으면 마치 자기가 그 일을 다 한 것처럼 책임을 지고 그만두잖아요.

제3부 당신과는 결별이에요

아바타

지하철을 탔다. 사람들은 조용히 앉아 있다. 정차할 역의 이름과 환승 노선을 일러주는 방송 외에는 사람의 목소리는 들리지 않는다. 기차가 레일을 달리는 '덜컹' 소리만이 공간을 채운다. 기실 안내 방송이나 덜컹거리는 소리는 귀에 곧 익숙해져 굳이 들으려 애쓰지 않으면 들리지 않는다. 지하철은 시끄러운 곳이지만 각자의 귀에는 아무 소리도 들리지 않는 적막한 공간이다.

사람들은 자리에 앉아 하나같이 스마트폰만 보고 있다. 마치 인조인간들이 할 일을 마치고 창고로 돌아와 전원을 끄고 대기하고 있는 모습처럼 보인다. 모두가 동일한 행동을 한다고 불행할 거라 단정하지는 말라. 마스크로 얼굴이 가려 그들의 표정을 쉽게 볼 수는 없지만, 자세히 보면 스마트폰을 보고 있는 눈매에 이따금씩 피어오르는 미소를 볼 수 있다. 사람들은 스마트폰에서 즐거움을 얻고 있다. 눈을 스마트폰에 깊이 고정하고 관심사에 집중한다. 반면에 지하철의 다른 사람들과의 교류는 없다. 단지 지하철과 주변 사람들의 움직임에 따른 조건 반사만 있을 뿐이다. 모든 의식은 스마트폰이 보여주는 디지털 세상을 향해 있다.

스마트폰이 대표하는 디지털 세상은 무서운 속도로 진화하고 있다. 누구나 헤드셋을 끼고 가상현실체험을 해보면 깜짝 놀라게 된다. 오감 중에 단지 보는 감각을 속였을 뿐인데도 눈앞에 보이는 가상 화면이 현실로 느껴진다. 앞으로는 인간의 오감을 모두 속이는 가상현실 기술이 눈앞에 왔다고 한다. 이 경우 현실과 가상을 구분하지 못할지도 모른다. 얼마나 재미있고 스릴이 넘치겠는가. 또 하나의 발전 방향은 아바타의 출현이다. 디지털 세상에 자기를 대표하는 아바타를 누구나 갖게 될 것이다. 나의 아바타는 아름다운 배우나 멋진 스포츠 스타로 변신하고 또 그러한 연인과 사랑을 나누고 스포츠와 예술을 24시간 탐닉할 것이다. 사람들은 현실 세상보다 가상 세상에서 느끼는 즐거움이 더 커질 것이다. 내가 존경받는 것보다 가상 세상의 아바타가 성공하기를 더 바랄지도 모른다. 심지어 가족 간의 유대마저 아바타를 통하는 날이 올지도 모르겠다.

옆에 앉은 아주머니와 젊은 총각의 대화가 들려왔다. 반갑다. 사람의 실제 소리다. 아주머니가 스마트폰을 보여주며 조심스레 물어본다.

"이걸 어떻게 작동시키는지 모르겠는데 가르쳐 주실래요?"

젊은이는 스마트폰을 받아들고는 화면을 두드리며 열심히 설명한다. 유일하게 들려오는 사람 소리가 스마트폰 사용 방법을 묻고 답하는 내용이다. 스마트폰을 사용할 줄 모르는 아주머니가 지하철 같은 침묵의 공간에서 홀로 견디기가 어려웠으리라. 모두가 다른 이에 관심도 없는 지하철에서 홀로 견디기 위해서는 다른 사람들처럼 스마트폰을 보아야 되나 보다. 아주머니는 호기심에 가득 찬 인간의 목소리를 내고 있다. 하나 조만간 스마트폰에 익숙해지면 아주머니 역시 스마트폰만 보는 인조인간으로 변하리라. 그리고 즐거우리라.

환승하려고 지하철을 내린다. 되돌아보니 나는 지하철에서 스마트폰만 보았다. 사람들이 나를 기억할 아무런 흔적도 남기질 않았다. 나는 스마트폰으로 디지털 세상에 들어가서 즐겼다. 내 몸은 달리는 지하철에 있었으나 마음은 디지털 세상에 있었다. 어쩌면 나는 지하철에 존재하지 않았고 스마트폰 속 디지털 세상에 존재했을지도 모른다. 이런저런 생각에 팔려 계단을 내려가다가 자칫 발을 헛디딜 뻔했다. 섬뜩한 느낌이 발끝에서 머리끝으로 전달된다. 내가 존재한다는 증거다. 이러한 경험으로 내가 살아있음을 느낀다. 그러나 오감을 느끼는 가상 세상이 현실화되는 미래에는 그러한 섬뜩한 느낌마저 가짜일 수도 있다. 그러한 느낌조차 내가 생명이라는 증거가 되지 못할지도 모른다.

지하철이 들어오고 있다. 문이 열리고 나는 안으로 발걸음을 옮긴다. 지하철은 조금 전과 동일하게 조용히 앉아서 스마트폰을 보고 있는 사람들로 가득하다. 갑자기 공상과학 영화에서 보았던 거대한 공장에 탯줄이 달린 채 생산되는 아기들이 연상된다. 지하철은 거대한 자궁이고 스마트폰은 탯줄처럼 보인다. 사람들은 스마트폰을 통하여 디지털 세상과 연결되어 쾌락을 받아들인다. 갑자기 번개가 머리를 친다. 어쩌면 나는 누군가의 아바타일 수도 있겠다.

당신과는 결별이에요

신기한 일도 다 있습디다. 사람들의 관심사가 무엇일까 하여 유튜브를 보니 어렵쇼! 나랑 관심사가 똑같은 것 있죠. 생각도 거의 같아요. 알고 보니 유튜브는 나의 관심이 무엇인지 알아내어 그것들만 보여준대요. 그러니 온 세상이 마치 내 생각과 같은 것으로 착각하기 딱 좋아요.

내가 다리가 하나뿐인 한강의 외로운 비둘기 이야기를 SNS에 올렸거든요. 그 장애 비둘기를 본 것은 6개월 전인데요. 바짝 말라서 곧 쓰러질 것처럼 보였걸랑요. 게다가 다른 비둘기들과는 저만치 떨어져서 외롭게 서 있었어요. 한동안 보이지 않아 아마 너무 힘들고 외로워서 잘못되었을 것으로 생각했는데…. 글쎄 최근 겨울바람이 쌩쌩 부는 다리 밑 벤치에 앉아 있는 내 앞에 슬그머니 나타난 것 있죠. 신기하게도 그동안 살이 너무 많이 쪄서 마치 펭귄 같았어요. 장애도 극복하기 나름인 모양이지요. 게다가 혼자 떨어져 산다고, 또 외롭다고 세상이 끝나는 것은 아닌가 봐요. 어떻든 이 이야기를 SNS에 올렸더니 나를 아는 사람들이 대부분 '좋아요' 버튼을 눌러주었어요. 그들도 나랑 생각이 똑같나 봐요.

회사 다닐 때 주변에는 내가 무슨 말을 하면 '좋아요' 하는 분들이 많았거든요. 그때 나는 스스로 똑똑한 줄 알았어요. 사람들이 내 생각에 찬성해주면 기분이 좋아지더라고요. 나 역시 윗분들이 무엇을 시키면 웬만해서는 '좋아요'라고 하였지요. 아마 이런 사람을 예스맨이라고 한다지요. 나는 내가 그 무슨 고집도 있고 솔직하고 정직하여 내 생각을 강하게 피력하는 사람이라고 여겼거든요. 근데 말이에요. 그게 따져보면 윗분께서 허용하는 정도까지만 내 의견을 피력했더라고요. 게다가 사실 윗분들은 자기와 비슷한 생각을 가진 사람을 좋아하지 않나요? 어찌 윗분들만 그렇겠어요. 우리 모두가 그렇지 않나요? 맞죠? 그렇죠?

윗분들이 나를 신임한다는 소문이 나면 날수록 '좋아요'하는 분들이 주변에 많이 생기더라고요. 어떻든 나에게 군소리하는 사람이 없어서 좋긴 참 좋았지요. 내가 이렇게 하자고 하면 다들 내 말이 맞다고 그렇게 하자는 거예요. 사실 윗분들은 현실을 잘 몰라서 잘못 판단하는 일도 많지요. 그런데 실무자들은 잘 알거든요. 그런 실무자들조차 내가 이야기하면 정말 맞다는 표정으로 동의하는 거예요. 특히 우리 실무자들이 내 이야기를 경청하고 아! 그렇게 하면 되겠다! 하면서 내 앞에서 각오를 다지는 것을 봤다면 내가 얼마나 행복했는지를 누구나 알아차릴 수 있었을 거예요. 나는 윗분들 생각과 똑같고 우리 실무자들도 내 생각과 똑같으니 내가 얼마나 즐거웠겠어요.

근데 말이에요. 이상하게 실적이 나빠지는 거예요. 실무자들은 시장 상황이 나빠져서 그렇다고 하거든요. 근데 그거 아시죠? 주식시장에서 실적이 나빠지는 이유를 시장의 문제로 돌리면 주가가 폭락한다는 것을요. 왜냐하면 주주들은 기업의 환경이 나빠졌다면 앞으로 기업의 실적이 좋아질 희망이 없다는 것으로 받아들이거든요. 그래서 나는 실무자들이 하는 시장 환경 이야기를 윗분께 전할 수가 없어요. 여기서 큰 입장 차가 생기는 것 같아요. 윗분은 자꾸 물어보지요. 왜 이렇게 실적이 나빠지고 있느냐고요. 나도 실무자에게 자꾸 물어볼 수밖에 없어요. 그러면 그제야 환경 이야기를 쏙 빼고 이런저런 이야기를 나에게 해주지요. 그러면 아! 그렇구나! 하고 나도 윗분한테 전달하지요. 알고 보면 내 직업이 그런 것이었어요. 간단해요. 그냥 전달하는 것이라니까요. 그 실무자 생각이 맞고 제대로 일을 해내면 나도 덩달아 일을 잘하는 사람이 되는 거예요. 그런데 그렇지 않은 경우가 더 많아요. 그러면 참 힘들더라고요. 나는 전달만 했다고 책임을 실무자에게 미룰 수도 없고. 그 실무자가 무능한 것을 이번에 알았다고 할 수도 없고요. 실무자도 사실은 전달만 한 것이거든요. 그런데 차마 전달만 했다 하는 사람은 없더라고요. 사실 세상일이 다 그렇잖아요. 장관, 비서실장이나 수석들도 알고 보면 다 전달만 하는 사람이거든요. 그래도 일이 제대로 되지 않으면 마치 자기가 그 일을 다 한 것처럼 책임을 지고 그만두잖아요.

근데 말입니다. 더 재미있는 것이 무엇인지 아세요? 말을 안 해서 그렇지 내 윗사람은 내가 전달만 한다는 것을 잘 알고 있거든요. 왜 제대로 전달을 못 하는지에 대해 화를 내는 것이거든요. 그렇지만 나는 내가 전달만 한다는 것을 숨기려고 온갖 노력을 다하는 거예요. 전달이라고 하니까 자기가 한 일을 스스로 폄훼한다고 냉소 짓는 분들도 있겠네요. 그러면 소통이라고 읽어주면 되지 않겠나요? 단어 하나 바꾸니 그럴듯하지요. 혹시 기가 막히고 불쾌했다면 용서하세요. 불행하게도 주변의 '좋아요' 속에서 소통된 세상은 현실과는 많이 달랐지요.

어제 잠이 오지 않아 유튜브 동영상인 '숙면을 위한 빗소리'를 들으면서 잤어요. 창밖에 떨어지는 빗소린데 듣다가 나도 모르게 잠이 들었걸랑요. 오늘 유튜브를 다시 켜 보니 빗소리 동영상이 수십 개 올라와 있더라고요. 누군가 내가 빗소리를 좋아한다고 전달했나 보네요. 어떻든 많은 사람들이 모두 나처럼 잠을 이루지 못한다는 것을 이제야 알았네요. 밤이 깊었네요. 괜한 소리로 불편하게들 한 것이 아닌지 모르겠네요. 당신도 나랑 똑같은 생각일 것이니 내 말이 이해는 되실 거예요. 뭐라고! 나랑 생각이 같지 않다고요? 완전히 다르다고요? 나는 내가 보고 싶은 것만 본다고요? 당신은 다른 것을 보고 있다고요? 그렇다면 당신 생각은 틀렸어요. 당신과는 결별이에요!

환승역 길목에서

경의중앙선은 평일에는 약 10분 간격으로 휴일에는 약 15분 간격으로 드문드문 기차가 오는 전철이다. 내가 항상 이용하는 서빙고역은 경의중앙선만 다니는 한적한 역이다. 어느 수요일 오후 1시경 나는 시내에 약속이 있어 역으로 나갔다. 옥수역 가는 기차를 타기 위하여 계단을 내려와 보니 승강장은 텅 비었고 오직 할머니 한 분만 있었다. 그녀는 작은 키에 허리가 조금 굽었고 머리는 하얗게 세었다. 손에 지갑을 들어 보이며 나에게 말을 걸어왔다.

"저기, 지갑을 주웠는데. 어떡해야 할지 모르겠네요. 어떤 학생 것 같은데."

나는 지갑을 받아 들고 열어 보면서 말했다.

"제가 한번 보지요"

확인해 보니 지갑에는 만원 남짓한 돈과 대학교 학생증이 있었다. 나는 할머니께 여쭈었다.

"이 지갑 어디서 주우셨습니까?" "여기 의자에서 방금 주웠수. 아무래도 2층 역 사무실에 가서 맡겨야 될 것 같수."

나는 지갑을 돌려드리며 할머니에게 말씀드렸다

"할머니 차라리 주우신 곳에 그대로 두시는 것이 더 좋을 것 같은데, 혹 그 학생이 지갑을 찾으러 돌아왔을 때 어긋날 수가 있을 것 같아서요."

그녀는 걱정스러운 표정으로 말씀하셨다.

"지갑에 돈도 있어 그대로 두면 누가 가져갈 것 같아 아무래도 역에 갖다주는 게…."

"그럴 수도 있겠네요."

할머니는 불편한 몸으로 계단을 올라 2층으로 향하였다. 불현듯 내가 가지 않고 불편한 할머니를 올라가시게 한 것이 미안하고 겸연쩍다. 의도적으로 그런 것이라면 앞으로 고치면 되겠지만, 나도 모르게 나오는 본능적인 행동 같아 마음이 더욱 무거워진다. 기차가 들어오는 시점에 딱 맞추어 할머니가 돌아와서 입가에 큰 미소를 띠며 말씀하셨다.

"사무실 직원에게 주었어요."

나는 미안한 마음으로 말씀드렸다.

"어이고, 참 수고하셨습니다."

약 25년 전 과장이던 시절 내가 참 좋아하던 부장님을 모시고 필리핀에 출장을 갔다. 돌아오는 비행기가 기류 때문에 갑자기 수십 미터 아래로 푹 꺼지는 일이 있었는데, 놀란 나는 재빠르게 안전벨트를 매었다. 그리고 조금 뒤 부장이 벨트를 찾는 순간 내가 그의 것을 착용한 것을 알게 되었다. 참 민망하고 당황스러운 순간이었다. 그리고 그 이후 그만 보면 나의 본모습을 들킨 것 같아 참으로 부끄러웠다. 이러한 일은 술 한 잔 마시면서 내 행동을 아무리 그럴듯하게 꾸며 설명하더라도 이해가 되는 일은 아닐 것이다. 그래서 한 번도 이 이야기를 서로 나눈 적이 없었다. 나로서는 그냥 실수라 자위할 수 있겠지만 그분 입장에서 보면 언제든지 지 살자고 배신할 사람으로 보이지 않겠는가?

옥수역에서 내리면서 할머니께 가볍게 인사를 드렸다. 할머니는 아주 기쁘게 내 인사를 받아주었다. 그녀는 아마 나를 좋은 일을 함께한 사람으로 여기고 따뜻한 정을 나눈 것이리라. 3호선으로 환승하는 길목에 비둘기 한 마리가 어떻게 들어왔는지 부지런히 바닥을 누비면서 무엇인가를 쪼아 먹고 있다. 수많은 사람들이 분주히 지나가는데도 비둘기는 아랑곳도 두려워하지도 않으면서 바닥에 떨어진 것을 쫓아다니고 있다. 가는 길을 멈추고 한참 바라보아도 그 대범한 비둘기는 변함없이 좁은 환승길을 휘젓고 다닌다. 거침없는 행동을 하니 더욱 자연스럽고 보는 이를 차라리 편하게 한다.

그렇구나. 남을 의식하지 않고 자기 일에 열중하는 저 비둘기가 나보고 웃겠구나. 먹이를 구하기 위해 두려움마저 던져 버린 저 비둘기 앞에서 나는 배부른 부끄러움을 노래하고 있구나. 그래! 잊자. 부끄러움을 툴툴 털어버리기 위해 내 뇌를 속이는 작업을 해야겠다. 25년전 그 날 부장님을 모시고 돌아오는 비행기에서 부장님의 안전벨트는 내 의자 쪽으로 젖혀져 있었다. 따라서 그 벨트를 내가 매는 것은 자연스러웠다. 오늘 할머니 대신 그 지갑을 내가 사무실에 갖다주겠다고 나섰더라면 할머니는 내가 지갑을 가져갈까봐 불안했을 것이다. 그래서 나는 할머니를 막지 않은 것이다. 틀림없이 그랬던 것이다.

누가 누구에게

강호동과 이승기가 주방을, 배인혁이 홀을 맡아서 다양한 한국 라면을 일본 손님에게 제공하는 『형제라면』이라는 연예 프로그램을 시청했다. 서핑의 성지로 유명하다는 일본 에노시마에 식당을 차렸는데 동네 할아버지, 할머니, 서핑 온 젊은 총각 그리고 관광 온 어여쁜 아가씨 등 다양한 고객이 찾았다. 그중 젊은 아가씨들이 인상 깊었다. 그녀들은 좋아하는 한국 연예인의 사진을 지니고 다닐 정도로 K-POP과 K-드라마의 찐팬이었으며 놀랍게도 세 명 모두 기초적인 한국말을 구사하였다. 배인혁을 발견한 순간 그들의 눈은 두 배로 커졌다.

"대박! 미남이다."

그러더니 더 자세히 살피고는 다시 소리쳤다.

"미에꼬! 미에꼬! 저 사람 『치얼업』에 나오는 배우 아냐?"

그 순간부터 세 사람의 눈빛은 금방이라도 폭발할 것처럼 빛나기 시작하였다. 아가씨들은 마치 홈런 타구를 일제히 따라가는 야구장의 관중들처럼 집중하였다. 그들은 마치 머리카락 한 올도 놓치지 않으려는 듯 배인혁을 바라보았다. 넋을 잃어버린 그 상기된 표정이라니, 노골적인 구애의 모습이었다. 아무리 용감한 사내라도 부끄러워 차마 마주볼 용기가 나지 않을 것 같다.

연극을 하게 되었다. 나의 첫 배역은 호스트바의 남자 접대부였다. 비교적 대사가 적어서 초보인 나도 잘 소화할 수 있을 것이라고 판단한 연출가의 배려였다. 문제의 발단은 베테랑 여자 배우의 한 줄 대사에 있었다. 그녀는 나를 지긋이 바라보면서 반했다는 느낌으로 말해야 했다.

"401호 총각이시네요. 참 잘생기셨네."

순간 그녀가 웃고 말았다. 참으려는 노력은 역력했으나 역부족이었다. 찰나의 적막이 흐르더니 모든 배우가 웃음을 터뜨렸다. 덩달아 나도 웃었다. 웃을 수밖에 없었다. 웃는다고 웃는 것은 아니었지만….

얼마 지나지 않아 몇 분이 코로나의 여파로 연극을 그만두었고 그 기회를 틈타 연출가는 내 배역을 바꾸었다. 훨씬 중요한 역할이니까 열심히 노력해 주기를 기대한다는 당부와 함께였다. 새 배역은 어린이집 운전사인데, 그는 아내에게 꼼짝도 못하고 쥐여사는 인물로 음주 운전으로 무면허 상태인데도 이를 속이고 버젓이 어린이들을 태우고 다니는 데다 처신이 경망스러워

주민들로부터 신뢰받지 못하는 위인이다.

어느 날 저녁 식사 자리에서 연출가는 내가 새로운 배역에 딱 맞는다고 좋아했다. 또한 어린이집 운전사 배역에서 수다쟁이 통장 배역으로 바꾼 고참 배우 K에 대한 이야기도 있었다. 그 배우는 연극도 오래 했지만 본업은 시니어 모델이다. 홈쇼핑에서 심심찮게 그의 모습을 볼 수 있는데 나보다 나이는 많지만 더 젊어 보이고 헌칠한 키, 수려한 이목구비에 빛나는 백발이 눈길을 사로잡는다. 한마디로 미남이다. 나는 그의 배역에 관해 연출가에게 물어보았다.

“점잖은 외모인데 그 배역이 너무 가볍고 발성도 수다쟁이 여자처럼 내는 것이 어색하지는 않은가요?”

연출가는 많은 고민과 결단의 과정을 솔직하게 드러냈다.

“아시다시피 통장역은 원래는 여자 배역이지요. 푼수 기질이 있고 발성도 좋아야 되고 대사도 너무 많아요. 실은 여성 배우 중에 하겠다고 나서는 분도 없었지만 적합한 분이 없었답니다. 고민하다가 K 배우가 하면 되겠다고 생각한 겁니다.”

다들 눈을 동그랗게 뜨고 다음 얘기를 기다렸다.

“K 배우는 미남이기 때문에 이런 푼수 역으로 무너지는 모습을 보이면 관객들에게는 신선한 충격이고 재미있을걸요. 만일 못생긴 남자가 이 배역을 맡으면 관객들은 즐거워하지 않을 거예요.”

나는 호스트바의 남자 접대부처럼 잘생긴 역할에는 적합하지 않아 배역에 제한이 있지만, 잘생긴 K는 어떤 배역도 소화가 가능하다는 뜻이리라. 연극을 제대로 하려면 일단 잘생겨야 하는구나. 그래서 영화배우들이 하나같이 미남, 미녀들이로구나.

미남이면 참 좋았겠다. 외모지상주의가 팽배한 사회에서 아름다운 용모는 큰 벼슬과 같아 보인다. 특히 미남 배우를 바라보는 일본 여인들의 표정, 그 매혹에 빠진 여자의 눈빛은 탐이 났다. 내가 그런 눈빛을 받아본 적이 있었던가. 그런 눈빛을 받아본 기억이 없는 나는 무슨 재미로 살아왔던가.

아! 있었다. 신혼 초 퇴근할 때 계단을 올라오는 내 발자국 소리에 가슴이 두근두근했다는 아내의 목소리가 있었다. 그 말을 할 때 아내의 뺨은 붉게 물들었고 목소리는 떨렸다. 남자로서의 자존감을 한 없이 드높였던 목소리였다. 지금은 비록 '내가 그때 왜 그랬지?'하는 푸념의 안주거리로 아내가 사용하지만, 그 목소리는 달콤했다. 아직도 그 목소리의 기억은 생생하여 집이 싫어질 때마다 소환되어 나를 되돌린다. 그렇다. 가까운 이가 들려주는 사랑의 이야기는 너무나 소중해서 스쳐 지나가는 여인의 눈빛과는 비교가 되지 않는다.

행복의 근원은 '눈빛이나 목소리'가 아니라 '누가 누구에게'이구나.

되돌아갈 수 없는 길

서울 둘레길을 걷습니다. 둘레길을 안내하는 '오렌지색 리본'과 '화살 표시 스티커'를 따라 걷습니다. 저 멀리 아빠는 유모차를 밀고 엄마는 사내아이의 킥보드를 잡아주며 다가오는 가족이 보입니다. 아, 나도 그런 적이 있었고, 그때가 진정 행복했었다는 괜한 생각에 잠깁니다. 한강은 변함없이 푸르고 철새는 떼를 지어 유유히 떠다닙니다. 까치는 날개를 접은 채 돌고래가 헤엄치듯이 유연하게 공중을 선회합니다. 참새는 땅에서 나뭇가지로 순식간에 옮겨 다니며 놉니다. 그제야 나는 둘레길에 오길 잘했다고 느낍니다. 나도 몰래 숲에 취하고 맙니다.

길이 간직한 정경에 빠져 마음 가는 대로 걷다 보면 길을 잃어버리곤 합니다. 어느새 엉뚱한 길로 들어와 '오렌지색 리본'은 보이지 않기 일쑤입니다. 그러면 둘레길 완주를 제대로 하겠다는 결심을 상기하면서 기어코 되돌아갑니다. 한참 돌아가서 '오렌지색 리본'을 다시 만나면 안도의 한숨을 쉽니다. 그래도 되돌아 갈 수 있는 길이기에 참으로 다행입니다. 오늘도 길을 잃었다가 되돌아가기를 여러 번 겪고 난 후에야 길은 그 옛날 신석기 터전인 암사동 선사유적박물관에 이르렀습니다.

암사동의 움집은 육천 년 전 신석기시대의 유적입니다. 그 옛날에도 암사동에는 한강이 흐르고 물고기가 많아 사람이 살기에 적합했다는 방증입니다. 바로 옆에는 해발 백 미터도 되지 않는 고덕산이 지금처럼 서 있었을 것입니다. 남자들은 저 산으로 가서 화살과 창으로 사슴이나 멧돼지 혹은 새를 잡았을 테지요. 남정네들이 무리를 지어 고덕산으로 사냥을 가면, 집에 남은 아낙들은 아이들과 함께 주변을 걸으며 달콤한 열매나 견과류 또는 흙 속에 숨은 뿌리로 된 먹을거리를 채취했을 것입니다. 눈 앞에 선합니다. 사냥에서 남편이 돌아오면 잡아 온 고기를 콩과 함께 빗살무늬 토기에 넣어 끓입니다. 어린이들은 오랜만에 고기를 먹어 신이 났습니다. 아빠에게 내일은 강에 나가 물고기를 잡자고 떼를 쓰기 시작합니다.

그때는 열매를 채집하고 물고기를 잡고 한 번씩 사냥에 성공하면 충분히 먹고 살 만했다고 합니다. 상상을 해봅니다. 열매를 따러 다니고 강에서 그물로 물고기를 잡고 사냥하러 다니는 생활이 어땠을까요? 아주 즐거웠을 겁니다. 부모는 자식들에게 먹을 수 있는 것과 없는 것을 일러주고 화살촉을 만드는 방법과 고기잡이 그물을 짜는 기술을 가르쳤겠지요. 자식은 부모의 지식을 결코 따라잡기 쉽지 않았을 것이고, 따라서 부모는 죽을 때까지 존경받으며 살 수 있었을 겁니다. 냉장고가 없어 음식을 오랫동안 보관할 수 없으니 필요한 만큼만 먹거리를 확보하고 혹시 남으면 이웃과 나누었겠지요. 서로 사이가 참으로 좋았을 겁니다.

어느 순간부터 농사를 짓고 곡식을 저장하면서 빈부의 차가 생기고, 대부분의 사람들은 종일토록 일만 해야 겨우 입에 풀칠하는 생활로 전락했습니다. 사람들은 더 이상 사냥도 하지 않고 열매를 따러 다니지 않게 되었습니다. 대신 자기 땅을 확보해 거기서 경작하거나 사육하기에 이른 것이지요. 바빠서 가족이나 이웃과 함께하는 시간은 점점 줄어들었습니다. 그들은 오직 일에만 몰두해야 했습니다. 인간은 농사를 짓고 가축을 사육하면서 서로 멀어지고 사는 것 자체가 힘들고 불행해졌습니다.

어렸을 때 형들을 따라 움집 같은 텐트에서 자고, 고추장에다 마가린을 버무린 볶음밥을 먹었던 기억이 납니다. 맛있었습니다. 강에서 고기 잡던 기억도 납니다. 어떤 놀이보다도 이런 원초적인 놀이는 결코 잊지 못할 정도로 즐겁습니다. 돈을 버는 일은 그다지 즐겁지 않습니다. 사냥하고 물고기 잡고 열매 따러 다니는 일보다 재미가 없습니다. 대부분의 현대인은 돈을 벌기 위해서 근 20년을 공부하고 죽을 때까지 밤낮으로 일을 해야 합니다.

이 무슨 어리석은 퇴보입니까! 그 옛날처럼 그냥 움집을 짓고 널려있는 먹거리를 구하면 될 일을, 어쩌다가 평생토록 일해야만 근근이 먹고 살 수 있게 되었을까요. 세상이 너무 빨리 변하기에 어른들은 새로운 것을 습득하기가 어려워졌습니다. 그 결과 젊은이에게 가르치기는커녕 배우는 처지가 되었습니다. 그러니 나이가 들었고 경험이 많다는 자격으로는 존경받기가 어려워졌습니다. 어른이 존경받지 못하는 사회가 평화로울 수는 없습니다. 그 옛날 누구나 하던 사냥이나 고기잡이는 이제는 부자들만 할 수 있는 고급 취미가 되었습니다. 지난 육천 년 동안 인간은 무슨 짓을 했던 것일까요?

어디 지나간 인류의 발자취에만 해당되는 일이겠습니까. 지난 육십여 년 나는, 일류 대학을 졸업하고 기업에 들어가 최고위직까지 승진하였습니다. 그 과정에서 나를 부러워한 분들도 있었을 것입니다. 동료들과 함께 밤낮으로 노력하여 회사와 사회에 이바지한 부분도 물론 있었겠지요. 그렇다면 행복해야 되는데, 나는 그렇지 않았습니다. 아내와 함께 빈둥거리고 딸과 매일매일 마주치는 지금이 훨씬 즐겁습니다. 비록 아무도 나를 알아주지 않고 씀씀이도 먹거리도 검소해졌지만 가족들의 얼굴에는 미소가 넘쳐납니다. 과거의 나는 그 황금기에 무슨 짓을 한 것일까요. 참으로 어리석었습니다. 암사동 움집의 주인처럼 가까운 사람들과 많은 시간을 함께 보내며 그들이 즐겁도록 살피는 것이, 내가 좀더 집중해야 할 일이었던 것은 아닐까요? 하지만 당시의 나는 그러한 일들을 하찮게만 여겼습니다.

오늘 암사동의 신석기시대 유적을 보면서 육천 년 전의 그들이 한없이 부러웠습니다. 인류는 이미 길을 잃었습니다. 인류는 뭔가 노력을 하면 할수록 가까운 이들과 점점 멀어지고 있습니다. 어느 순간 길을 잃은 나도, 청춘으로 되돌아갈 수는 없습니다. 하지만 이제 가까운 사람들과 가까이 살아가는 것이 행복임을 알았습니다. 참으로 다행스러운 일입니다.

특별한 나의 세상

매미소리다. 한겨울에도 매미소리다. 아니 일 년 내내 매미소리다. 약 30년 전부터 잠시도 쉬질 않고 들리는 매미소리다. 왼쪽 귀에선가, 오른쪽 귀에선가, 아니 두 귀 모두에선가. 이 소리는 내가 깨어 있을 때면 언제나 들린다. 나의 몸 상태에 따라 음의 높이나 크기가 달리 들리는 이 소리는 여간 성가신 존재가 아니다. 귀 밝은 아내가 내 귀에 대고 들으려 해도 들리지 않는다니, 세상 사람들에게는 존재하지 않는 소리다. 오직 나만 들을 수 있는, 나에게만 존재하는 소리다.

내가 세상이라는 존재를 직접 접한 것은 태어난 후다. 내가 태어나기 전에도 세상은 존재했다고 한다. 단군과 세종대왕이 있었고 부처님과 예수님 그리고 귀족과 노예가 있었다고 한다. 태어나기 전의 세상은 태어난 뒤 듣고 배워 알게 되었을 뿐 내 눈으로 직접 본 것은 아니다. 지금의 세상은 내 눈을 통하여 본다.

내가 태어나기 전의 세상은 누구의 눈을 통하여 본 것인가. 내가 죽고 난 뒤의 세상은 또 누구를 통해 볼 것인가. 내가 죽으면 내 눈도 더 이상 볼 수가 없을 것이다. 내가 아닌 다른 이의 눈을 통하여 보는 세상이 나에게 무슨 의미가 있겠는가. 그럼에도 불구하고 내가 죽고 난 뒤에도 세상은 존재하는 것인가. 세상은 존재한다고 하더라도 나의 세상은 없어지고 말리라.

어머니의 세상도 아마 그랬을 것이다. 어머니는 전날 저녁부터 의식이 없어졌으나 편안하게 잠든 것처럼 보였다. 아침이 되자 갑자기 상태가 나빠졌다. 어머니는 힘들게 숨을 몰아쉬었다. 들숨을 쉴 때마다 산소마스크가 흔들거렸다. 어머니는 안간힘을 다하였다. 산소포화도는 60 이하로 떨어지고 심장 박동수는 급속하게 줄었다 늘었다 하였다. 아침 식사하러 잠시 자리를 비운 둘째형이 급히 돌아와 이제 막 병원입구에 들어섰다. 그때 어머니의 심장은 멈췄다. 나는 어머니 귀에 대고 둘째형이 오고 있다고 다급하게 말했다. 어머니의 심장이 잠깐 다시 뛰었다. 일생동안 어머니 곁을 지킨 큰형은 차마 가까이 오지 못하고 병실문에 넋을 놓고 서 있었다. 안정된 어머니의 편안한 모습에 안심하고 새벽에 귀가한 셋째형은 회사에 출근한 상태였다. 어머니의 손을 잡았다. 어머니의 숨을 도울 엄두도 내지 못했다. 어머니는 그렇게 숨을 거두었고, 어머니의 세상은 그렇게 끝이 났다. 그럼에도 불구하고 자식들의 세상은 이어지고 있었다. 어머니가, 나에게 세상을 열어준 어머니가 돌아가셨는데도 세상은 그대로 존재했다.

딸이 이직했다. 하나밖에 없는 피붙이가 직장을 다니고 그만두고 또 다른 도전을 하는 것을 보면 애처롭고 불안하다. 아내가 안쓰러웠는지 딸을 설득해 제주도에 여행을 보냈다. 지금 이 순간, 제주도가 내 눈에는 보이지 않아도 딸에게는 당면한 세상이다. 내 눈에 보이지 않는다고 존재하지 않는다는 주장을 하려는 것은 아니지만 나에게 영향을 미치지 않는 것이 존재한다고 볼 수 있는 것인지에 대해서는 여전히 의문이다. 딸이 태어나기 전에도 세상은 있었고 그 세상에는 아내와 내가 있었다. 딸은 나와 아내의 세상에서 태어나 자기의 세상 속에서 살고 있다. 언젠가 내가 죽은 후에도 딸의 세상은 계속될 것이다. 딸에게 세상을 열어준 내가 죽어도 딸의 세상은 그대로 존재할 것이다.

신입사원 때의 나는 언제나 일에 몰입했다. 머릿속에는 항상 회사 일로 가득 차 있었으며 그 일에 집중했다. 반드시 해야 한다고 생각한 일을 했다. 내가 재미있다거나 올바른 일을 했다는 것이 아니라, 내가 그 일의 주인이었다. 나는 온전히 나의 세상에서 살고 있었다. 세월이 지나 점점 고위직으로 승진할수록 나는 조금씩 나의 세상에서 멀어졌다. 모든 결정의 근거는 회사의 생존과 발전이었다. 나는 회사라는 상상 속 생명체의 세상을 위해 살았다. 그러나 나는 그 생명체와 나의 삶을 하나로 여기지 못했다. 나는 회사 다니는 것이 나의 삶이 아니라는 생각에 괴로워했었다. 어떻든 나는 나의 삶이 아닌 삶을 사는 것을 두려워했다.

내 귀에만 들리는 이명은 세상에는 존재하지 않으나 나에게는 확실하게 존재하는 것이다. 반면에 내가 죽은 뒤의 세상은 다른 이에게는 지금과 그대로 이어질 것이나 나에게는 더 이상 존재하지 않을 것이다. 이처럼 객관적으로 보이는 존재와 나를 기준으로 보는 존재는 다를 수가 있다. 나를 기준으로 보면, 나는 세상의 일부분이 아니다. 나는 세상과 다른 것이며 독립적인 것이다. 모든 생명은 태어나면서 자기만의 세상을 갖고 태어난다. 그 세상은 그 생명의 죽음으로써 끝난다. 나의 세상 역시 그러하리라. 결국 '특별한 나'와 '특별한 나의 세상'이 함께 살아간다.

나는 이제부터라도 무엇인가를 해야 한다. 다시는 남의 삶을 살지 않을 것이다. 내 세상의 유일한 동반자가 '나'이거늘, '나'를 소외시키는 일 따위가 더 큰 의미가 있을 리 없다. 나는 나의 세상을 아름답게 하는 일에 충실할 것이다. 무엇부터 해야 할까.

귀에서 매미소리가 심하게 들린다.

어쩌면 지난 수십 년간 나는 특별한 세상에 머물러 진짜 세상을 모르고 살았던 것 같다. 가만히 생각해 보니 이 진짜 세상이 훨씬 복잡 미묘하여 괜히 어설프게 세상일에 나대다가는 창피만 당할 것이 분명해 보인다.

제4부 진짜 세상

진짜 세상

회사를 그만두자마자 이사를 하게 되었다. 지금까지 혼자서 이사하고 인테리어까지 도맡아야 했던 아내로서는 백수가 된 남편이 함께 다니면서 운전도 해주고 판단도 해주니 천군만마를 얻은 것처럼 좋은 모양이었다. 벽지는 그냥 밝은색으로 정하면 되어 쉬웠고, 마루자재와 업체를 정하는 데 대부분 시간을 보냈다. 처음에는 지난번 살던 집의 도배와 장판을 했던 허름한 도배가게를 찾았다. 거기서 마루바닥재는 나무를 3mm 정도로 비교적 두껍게 합판에 붙여 만든 원목마루, 0.5mm 정도의 얇은 무늬목을 합판에 붙여 만든 소위 온돌마루와 무늬목 대신 필름을 붙여 모양을 낸 강화마루 등 매우 다양하다는 것을 알았다. 게다가 오크, 체리, 메이플 등 수십까지 무늬에다 색깔 또한 흰색, 푸르스름한 색, 누르스름한 색, 붉은빛을 띠는 노란색, 고동색 질감을 주는 붉은색 등등 이루 헤아릴 수 없을 만큼 많았다. 제조사들 또한 나름대로 특징이 있어 서로 비교하기조차 어려운 데다 시공하는 인테리어 업체 역시 너무 많고 각자 개성이 있었다. 그러므로 바닥자재와 시공업체를 선택하는 일은 매우 까다로웠다.

나는 품질이 좋고 가격이 합리적인가 하는 것에 관심이 많았고 아내는 색깔과 무늬에 관심이 많았다. 얼마 지나지 않아 나는 어떤 제품이 좋은지 마음속에 정하였고, 아내 역시 마음에 드는 색깔과 무늬를 내심 정한 상태가 되었다. 그리고는 대화 중에 은근슬쩍 각자 선호하는 제품으로 유도하였다. 나는 품질과 가격이라는 항목으로 제한하여 바닥자재를 검토했다. 그 결과 바닥자재는 쉽게 특정할 수 있었다. 더 이상 돌아다니기가 따분하고 귀찮아졌다. 그래서 가급적 결론을 빨리 짓는 쪽으로 대화를 유도하였다. 아내는 그런 나에게 조급하게 선택한다고 투덜거렸다. 또한 여러 업체에 들러서 알고 있는 내용을 새로 만난 전문가가 다르게 이야기하면 나는 의심의 눈초리로 따져서 어떤 것이 진실인지 알아내는 것을 즐겨했고, 그럴 때마다 이상하게 상대방은 기분 나쁜 듯이 형식적으로 설명하며 팔지 않아도 좋다는 식으로 나를 대하곤 하였다. 급기야 어떤 가게에서 나오자마자 아내는 짜증을 내었다.

"당신은 왜 자꾸 인테리어 사장과 싸우려고만 드는 거예요?"

나는 아내의 말에 억장이 무너져 내리는 것을 느끼면서 목소리를 높였다.

"아니 거짓말을 하는 게 훤한데 그걸 보고만 있어야 한다는 것인가?"

"그 집 물건이 색깔도 마음에 들고 좋던데 당신이 훼방을 놓아 더 이상 물어보지도 못하고 그냥 나오고 말았잖아!"

아내가 제품 구분도 하지 못하고 세상 물정도 몰라서 엉뚱한 소리를 하는 것으로 여겨져 황당했다. 그럼에도 후환이 두려웠다. 아내는 집에서 하루종일 마루를 보고 있을 테고 그때마다 나를 원망하는 것 아닐까. 그래도 부아가 나서 한마디 내뱉었다.

"그래! 좋다. 바닥 선택은 이제부터는 내가 관여하지 않을 테니 당신이 정해보라고! 한번 혼자서 해 보라고!"

결국 존재는 하되 관여는 하지 않는다는 합의가 이뤄진 셈이다. 아내가 원하는 시간과 장소에 내가 운전을 해주되 가게엔 들어가지 말고 차 안에서 쉬고 있으라는 게 아내의 배려였다. 그 결과 아내는 마음에 드는 제품을 저렴한 가격으로 일거에 정했다며 대단히 만족스러워하였다. 그야말로 일사천리 진행이었다. 그동안 고상하게 홀로 차 안에 앉아만 있었던 나로선 좀 실망스러웠지만 내색할 수도 없었다.

계약 전 인테리어 업체 기술자가 와서 면적을 재었다. 가벼운 잠바 차림의 마른 체격인 그는 이런 일을 수도 없이 한 듯, 능숙하게 거실과 베란다 바닥 치수를 재었다. 줄자를 상상하였던 나는 레이저 빔이 나오는 전자 자를 보고 신기하여 그에게 물었다.

"바닥 치수가 몇 평이나 되는가요?"

그는 조금도 망설이지 않고 이야기한다.

"18평입니다."

나는 아무리 계산해 봐도 16평이 되지 않는데, 그런 황당한 값을 부르는 그 기술자에게 정색하고 목소리를 높여 나의 장기인 따지기를 시작하였다.

"치수가 이러이러한데 어떻게 18평이나 되지요?"

그는 당황하면서 설명하였다.

"바닥재를 따질 때는 한 평의 사이즈는 일반 사이즈인 3.3제곱미터보다는 작습니다. 게다가 자투리가 많이 생겨서 없어지는 평수도 제법 됩니다."

그는 여러 가지 이유를 들어 설명하였으나 하나하나 반박하는 나를 제대로 설득하지는 못하였다. 그가 겸연쩍게 인사를 하고 떠난 뒤, 나는 의기양양하게 아내에게 한마디 하였다.

"내가 수십 년을 이런 것을 따지고 살았는데 감히 나를 속이려 들다니…. 참, 단가를 낮추는 대신 평수를 늘리는 것이 아무것도 모르는 주부에게 바가지 씌우는 방법인지 내 모를 줄 알고!"

다음날 아내는 나의 눈치를 보며 전화를 받았는데 그쪽에서 바깥양반이 까다로워 이 일을 맡고 싶지 않다는 뜻을 내비쳤다면서 내 생각을 조심스럽게 물어보았다. 아내가 오직 그 업체의 그 제품에만 매달리고 있는 상황에서 내가 무슨 의견을 낼 수 있겠는가 싶어 당신이 알아서 하라고 물러서고 말았다.

오늘 인테리어 업체와 계약을 한다. 그래서 나는 아내를 모시고 와서 지금 주차장 차 안에서 쪼그리고 책을 보고 있다. 아내와 담당자 간에 어떤 대화가 오고 갈지 훤하게 상상이 된다. 수십 년간 수많은 사람들과 소통하는 것이 나의 직업이었다. 빠르고 합리적이고 경쟁력 있는 결정을 하는 것이 역할이었고, 그런 일을 잘해서 오랫동안 버텨왔다고 나름 생각해왔는데, 이제 보니 나만의 착각이었던 것 같다. 나 대신 누군가가 잘해준 덕분에 얹혀살았거나, 십분 좋게 봐도 바깥세상에서는 전혀 통하지 않는 실력만 갖고 있었나보다.

어쩌면 지난 수십 년간 나는 특별한 세상에 머물러 진짜 세상을 모르고 살았던 것 같다. 가만히 생각해 보니 이 진짜 세상이 훨씬 복잡 미묘하여 괜히 어설프게 세상일에 나대다가는 창피만 당할 것이 분명해 보인다. 아내의 독단적인 행동에 기분이 상한 것처럼 포장한 뒤에 뒷짐을 지고 귀머거리3년, 벙어리 3년의 숙려기간을 지낸 뒤 기초 체력이 생기면 아내랑 한번 붙어볼 생각이다. 이번 일에 상처받아 냉정함을 잃어서 숙려에 방해가 되는 일이 없어야 한다. 마음을 비우고 없었던 일로 하고 낮잠이나 자야겠다. 부인의 다음 행선지가 어딘지는 모르지만 잘 모시려면 잠을 푹 자두어야 한다.

별장

큰마음 먹고 별장을 하나 장만했다. 어설픈 실력으로 아내와 다투어가며 설치하였기에 반듯하지는 않지만 멀찌감치 떨어져서 보면 참 이쁘다. 텐트는 길이가 무려 6미터나 되고 침실과 거실이 있는 구조다. 아파트로 치면 45평 이상이 되는 중대형 규모이다. 야영장을 둘러보아도 우리 텐트같이 이쁜 텐트는 보이지 않았다. 물론 제 눈에 안경이겠지만 말이다. 텐트를 고를 때 아내는 시종일관 이 텐트가 마음에 든다고 했다. 그러고는 언제나 그렇듯이 나에게 결정을 쓰윽 미루었다. 그래서 표면적으로는 내가 결정한 것이 되고 말았지만 실제로는 아내가 결정하였다. 필요한 가재도구는 이 분야의 전문가인 친구에게 물어 장만하였다. 생각해 보면 내 스스로 정한 일이 없다. 사실 캠핑을 하게 된 동기도 아내의 최애 TV 프로그램인 『자연인』의 영향 때문이다. 치악산에 와서 텐트를 치고 보니 모든 결정이 잘 된 것 같다. 게다가 내가 결정하지 않았으니 마음도 편하다. 요즘 들어 하루하루 내가 정하는 일이 없어진다. 자칫하면 뒷방 늙은이 취급 당할 수도 있다는 위기감도 온다. 그런데 이상하게도 내가 정하지 않아도 세상은 너무나 잘 굴러간다. 어쩌면 매사 내가 정했던 과거의 행동이 어리석었을지도 모르겠다.

비가 많이 내렸다. 천막 창을 열어 바깥 풍경을 바라보았다. 단풍은 이제 마지막 숨을 몰아쉬고 있다. 가까운 나뭇가지에는 잎새 몇 개가 차마 떨어지지 못하고 붙어있다. 그 모습은 마치 까치밥으로 남겨진 감처럼 처량하다. 그래도 야영장 앞 나지막한 동산의 중턱에는 아직도 단풍잎이 제법 보인다. 산 중턱부터 꼭대기까지는 소나무가 군락이 되어 푸르다. 이 비 그치면 단풍잎도 비처럼 땅에 떨어지고 소나무만 쓸쓸히 저 산을 지키겠지. 바람이 거세어졌다. 텐트가 심하게 흔들린다. 열어놓은 창으로 비가 들어왔다. 텐트 속에 앉아서 빗소리에 귀를 기울였다. 비는 거세게 텐트를 때려 요란한 소리를 내었다.

초등학교 시절 기와지붕 위에 가건물처럼 지은 형들의 공부방은 지붕이 슬레이트였다. 한 번씩 형들 옆에서 자곤 했다. 그때 슬레이트를 두드리며 들리는 빗소리가 좋았다. 그래서 그런지 나는 빗소리만 들으면 편안해지고 깊은 잠에 빠진다. 슬레이트 지붕 아래에서 듣던 빗소리는 둔탁하고 긴 울림이 있던 소리였다. 반면에 텐트를 때리는 빗소리는 물이 끓어 자글자글 톡톡

터지는 가벼운 깨 볶는 소리다. 둔탁하든 가볍든 불규칙하게 끊임없이 이어지는 빗소리는 왠지 나를 차분하게 만든다. 어젯밤에는 참으로 오랜만에 빗소리에 묻혀 깊은 잠을 들 수 있었다. 밖에서 고양이 몇 마리가 함께 몰려다니면서 우는소리가 너무나 가깝게 들린다. 종일 비가 오니 먹이를 찾지 못하여 배가 고픈 모양이다. 얇은 천을 사이에 두고 온갖 소리가 들려온다.

국립공원에 오면 텐트를 치고 조용히 앉아서 깨끗한 공기를 즐기거나 가벼운 산행을 기대했다. 하나 그렇게 되지 않았다. 그 대신 텐트에서 생활하는 데 불편한 점을 해소하기 위하여 눈만 뜨면 원주로 나가 캠핑 용품점에 들르는 게 일과가 되어 버렸다. 원래는 자연인을 보고 시작했는데 자연은 팽개치고 텐드에만 관심이 집중되었다. 오늘은 땅바닥에 놓인 그릇들을 담는 수납함을 사려고 한다. 바닥이 맨땅인 거실이 흙먼지로 너무 지저분해져 있다. 그래서 이참에 바닥 매트도 사려고 한다. 이렇게 물건을 하나하나 장만하니 그 부피가 너무 커져서 서울로 돌아가는 길에 짐을 모두 싣기는 도저히 어려워 보였다. 그래서 승용차 위에 달고 다니는 수납가방도 오늘 살 예정이다. 신기하게도 매일매일 무엇인가 장만해야 할 필수품이 나타난다. 그동안 겨울 캠핑 때문에 쓴 돈이라면 일류 호텔을 돌아다녀도 되겠다. 친구의 말마따나 캠핑하는 사람들의 전문용어로 '개미지옥'에 빠진 것 같다.

아내가 천 원짜리 지폐를 달라고 한다. 샤워장 가려면 오백 원짜리 동전으로 바꾸어야 된다. 오백 원 동전 두 개를 넣으면 육분 동안 더운물이 나온다. 샤워를 전쟁 치르듯 해야 천 원으로 가능하다. 아내는 샤워장에 전투하러 가고 나는 난로를 챙긴다. 오늘 아침은 추워졌다. 난롯불 앞에서도 두꺼운 패딩을 입고 있다. 빗소리는 좋으나 석유난로와 전기장판이 없이는 견딜 수 없는 추위는 정말 싫다. 이것은 즐기는 게 아니고 고생이다. 따뜻한 집을 두고 뭔 짓거리인지 잘 모르겠다.

석유 가지러 텐트 밖으로 나간다. 어렵쇼. 첫눈이 내리고 있다. 텐트 안에서는 몰랐는데 눈이 펑펑 쏟아지고 있다. 저 멀리 산꼭대기에는 벌써 눈이 쌓여있다. 신비롭다. 계곡에서 들려오는 바람 소리는 마치 폭포처럼 세차다. 텐트 바로 옆 나무 마지막 남은 잎이 눈을 맞으니 더욱 가쁜 숨을 몰아쉬고 있다. 휘날리는 눈 속에서도 버티는 잎새의 모습이 처연하기도 하지만 의연하기도 하다. 땅에 떨어져 버린 낙엽보다는 가지를 붙잡고 있는 잎이 아름답고 반갑다. 나의 별장은 비록 얇은 천으로 이루어진 연약한 몸이지만 땅을 움켜쥐고 비바람을 견디고 있다. 갑자기 여기에 잘 왔다고 느껴진다. 별장이 참 좋다.

물김치

서울 사는 질녀의 딸이 도통 밥을 먹으려 하지 않았다. 16개월이 지났는데 우유를 떼지 못하니 질녀의 마음고생은 이만저만이 아니었다. 한때는 여기저기 수소문하여 아기에게 좋다는 음식을 알아낸 뒤 그것만 가려 먹이며 세계 최고로 강건한 아이로 키우고자 달려들었다. 그러나 최근에는 어떤 음식이라도 먹어만 주면 좋겠다는 바람밖에 남지 않았다. 먹지 않는 것은 아기인데 엄마가 피골이 상접했다. 지난 추석에 고향에 가니 큰형수가 집사람에게 넌지시 물김치를 담아 달라고 청을 하였다. 몇 년 전에 장조카의 아들이 밥을 먹지 않다가 우리 집에 놀러 와서 집사람의 물김치 맛을 본 이후에 본격적으로 먹기 시작한 기억이 떠올랐던 모양이다. 기실 그동안 아기의 친할머니도 외할머니도 수 차례 물김치를 만들어 대령하였으나 아기가 맛을 본 뒤 눈길 하나 주지 않아 할 수 없이 집사람에게 부탁하는 것이라 했다.

집사람은 서울에 올라오자마자 무, 배, 양파, 쪽파와 파프리카 등을 사서 물김치를 만들기 시작했다. 무를 살짝 절인 후 배를 갈아 배즙을 만들었다. 양파와 쪽파는 먹기 좋은 크기로 자르고 파프리카는 모양 나게 크게 다진 뒤 밀가루로 풀을 쒀 물과 함께 김칫국물을 만들었다. 재료들을 모두 섞은 뒤 소금 간을 하였다. 하루 묵히고는 질녀의 집에 가져다주었는데 부부가 버선발로 뛰어나와서 "아이고 숙모님, 고맙습니다. 고맙습니다"라고 인사를 했다. 예고 없이 저녁에 찾아가 집 앞 골목에 차를 세워 둔 채로 물김치 한 통을 전달했는데도 그들은 언제 준비했는지 홍삼 선물세트까지 들이밀었다. 아기가 밥을 먹지 않아서 급하긴 급했던 모양이었다.

홍삼을 받아 든 아내는 부담감이 백배되어, 이틀이 지나도록 아무 소식이 없자 옆에서 보아도 초조한 기색이 완연했다. 보다 못한 내가 아내에게 한마디 툭 던졌다.

"전화 한번 해보지?"

아내는 겉으로는 대수롭지 않은 척했으나 짜증 섞인 투로 대답했다.

"전화는 무슨 전화? 어련히 알아서 오겠지."

괜한 소리로 본전도 못 건지고 핀잔만 받았다는 생각에 부아가 치밀어 한마디 할까 하다가 아내의 표정을 보니 조심하는 게 상책이라 여겨져 입을 다물었다. 뻘쭘하게 밥이나 마저 먹고 있는데 때마침 아내의 전화벨이 울렸다.

"응. 그래. 아, 그래? 참 다행이다. 오! 그랬구나. 그래, 집에 한번 놀러 오거라. 응. 그래그래. 들어가거라. 그래-애."

아내의 목소리가 가면 갈수록 톤이 올라가고 명랑해져서 짐작은 했지만 상이라도 주는 마음으로 물어보았다.

"뭐라는데?"

아내는 살짝 상기되고 의기양양한 목소리로 웃으면서 이야기했다.

"애가 김칫국물을 두 컵이나 마신대! 어미가 신이 나는 모양이네."

"그래? 설마! 두 컵이나?"

"그렇다니까? 덕분에 밥도 엄청 많이 먹었다고 좋아서 난린데."

아내가 저리 좋아하니 빈말은 아닐 터 물김치가 효과가 있긴 있는 모양이었다.

물김치를 담는 것은 옆에서 본 바로는 별것 아닌 것 같다고 여겨왔다. 이참에 내가 한번 물김치를 직접 담아 보아야겠다는 심산으로 슬쩍 아내에게 노하우를 물어보았다. 아내는 아무것도 아니라는 듯이 툭 던졌다.

"별거 없는데. 아기들은 입맛이 매우 민감해서 음식을 슴슴하게 하면 되지 뭐. 노하우는 무슨."

"그 정도는 나도 아는데, 그래도 아기들이 당신 물김치만 좋아하는 이유가 있겠지. 만일 당신이 레시피를 적어주면 누구나 동일한 맛을 낼 수 있을까?"

아내는 한참 생각하다가 애매하게 말했다.

"아마 그럴걸. 그런데 한 번도 레시피대로 한 적이 없고 항상 눈대중으로 했는데. 재료의 상태나 절임 정도 등 변수가 많아서 레시피대로 한다고 해도 그 맛이 날란가?."

아내의 대답이 이해가 되지 않아서 다시 한번 물어보았다.

"그럼 당신은 어떻게 하는데?"

아내는 자신 있는 표정으로 딱 부러지게 말하였다.

"맛을 보는 게 중요한데, 갓 담았을 때 맛을 보고 알아차려야지. 익었을 때는 간이 변하기 때문에."

나는 더 이상 묻지 않았다. 중요한 것은 레시피가 아니고 맛을 보는 것이고 결국 남에게 레시피를 설명하기도 어렵다는 뜻이리라. 왜 형수가 부탁하고 질녀가 그리 고마워하는지 그제야 이해가 되었다.

오랜만에 조카 가족들을 집으로 불러서 밥을 먹는다. 질녀 부부와 아기도 왔다. 두 달 만에 보는 아기는 부쩍 커지고 단단해졌으며 힘차게 걸어 다닌다. 밥도 주는 대로 곧잘 받아먹는다. 모두 아내의 물김치에 칭송이 자자하다. 나한테는 그냥 인사치레로 시늉만 하고 아내 옆에 붙어 이런저런 이야기를 한다. 질녀의 얼굴이 통통해졌고 화색이 돈다. 이제는 아기 이야기에서 벗어나 일상사는 이야기, 아파트 분양받으려 한다는 이야기를 한다. 아내는 큰일을 한 것처럼 내심 기분이 좋다. 어제 만들어놓은 물김치 두 통을 질녀에게 건넨다. 아내의 위상이 끝없이 올라가고 있다. 과거에는 다들 나를 보러 들렀는데 물김치 사건 이후로는 아내 때문에 오는 것이다. 피는 물보다 진하다는데, 조카들이 아내를 바라보는 시선은 나를 보는 것과는 차원이 다르게 호의적이다. 조카들과 헤어질 때 습관처럼 아이들에게 용돈을 준다. 이제 초등학생이 되어 돈을 아는 장손자는 그 순간 함박웃음을 지으면서 좋아하고 장조카 내외는 그러지 않아도 된다고 사양한다. 멀어지는 차 안에서 장손자가 받은 돈을 어미에게 건네는 것을 어김없이 본다. 그 찰나 같은 순간만 나의 면이 선다. 결코 물김치처럼 오래갈 턱이 없다. 물김치 국물은 피보다 진하다.

집으로 올라가는 엘리베이터 속 거울에 내 모습이 비친다. 내심 나도 한 번 물김치를 만들어 사랑받는 삼촌이 되어 볼까 욕심내던 그 모습은 간 곳 없고, 초라한 무능력자가 쭈글스러운 모습으로 서 있다. 정신을 바짝 차리고 거울 속의 나에게 최면을 걸어 본다. '세상일은 모두 생각하기 나름이지. 내가 아내보다 뛰어난 것이 오만가지인데 오직 물김치 하나만 졌을 뿐이다.' 그러자 거울 속에 비친 내 얼굴에 만족스러운 미소가 핀다. 실성한 사람처럼 혼자서 거울을 보고 온갖 표정을 짓다가 실없이 웃는 나를 아내가 눈을 크게 뜨고 본다. 혹시 내 마음을 들킬까 엄숙한 표정을 지어본다.

로또

나는 퇴직 후에 돈을 일 원도 벌지 못하고 있다. 경제적 여력이 있으면 그것이 무슨 걱정거리겠는가. 백세시대라는 말처럼 너무 오래 살면 돈이 떨어져 길거리에 나앉을 수도 있다. 처음에는 내가 집에서 놀다가 지쳐 결국은 일하러 나갈 것이라고 아내는 내심 기대하였다. 하지만 최근에도 도통 돈벌이에 관심이 없으니 나에 대한 기대는 접어야 했다. 그녀 스스로 살림살이를 걱정하게 되니 얼핏 봐도 표정이 어두웠다. 그러던 어느 날 그녀는 밤을 꼬박 새운 뒤에 '짠'하고 나타나서 즐겁게 말했다.

"수진이 아빠! 나, 로또 사기로 했수."

전혀 예상하지 못한 말에 깜짝 놀란 나는 물었다.

"로또는 무슨? 갑자기 뭔 소리야?"

아내는 눈을 크게 뜨고 나를 똑바로 보면서 자신 있게 말했다.

"돈이 더 있으면 좋을 것 같은데…. 아무리 둘러봐도 로또 이상 가는 것은 없는 것 같수."

그리곤 덧붙였다.

"대졸 신입사원들의 월급보다 더 주는 일은 사기일 가능성이 높으니 생각도 하지 말라면서? 그런 것 빼고 나니 할만한 게 없어요."

아내는 진지하게 말했지만 나는 너무 황당해서 한마디 하고 말았다.

"그래도 요행이나 바라고 로또를 사는 것은 조금 그런데…. 거기다가 당첨될 확률도 거의 없고…."

아내는 자신 있는 표정을 지으며 말했다.

"걱정마소. 내 금전 사주가 좋아서 복주머니에 재산이 가득한데 아직 우리는 거기에 미치지 못하니 틀림없이 로또가 될 거요."

아내가 태어나고 친정이 활짝 폈다는 이야기가 생각나서 나도 모르게 맞장구를 쳤다.

"그건 그래! 이만큼 먹고 사는 것을 보면 당신이 재물 복은 있긴 있는 것 같아…."

아내는 웃음을 지으며, 생각을 깊이 했다는 투로 또박또박 말했다.

"부동산이 10년을 참고 기다려야 가격이 오르듯이 로또도 10년을 사면 당첨될 거요. 그래서 매주 5천 원씩 한 달에 2만 원을 10년간 투자할건데…. 당신은 나를 로또 파는 곳에 데려다주기만 하면 돼요."

한마디 더 하려다 아내가 로또를 사려는 것이 내가 벌어놓은 돈이 부족하기 때문이라서 입을 다물었다. 게다가 반대하더라도 아내는 들을 것 같지도 않았다. '그래! 큰돈도 아닌데 아내의 정신 건강에라도 도움이 되면 나름 의미가 있겠구나'라고 마음을 돌렸다. 혹시 아는가. 당첨이 될지. 그러면 반대한 나의 입지만 우스워질 수 있다. 차라리 말을 아끼는 것이 상책이리라.

한강을 산책한 후 살짝 배고픈 상태로 집에 돌아왔다. 엘리베이터 문이 열리자니 구수한 음식 냄새가 복도에 진동했다. 대문을 열고 들어오니 아내가 유튜브와 TV를 동시에 보면서 뭔가를 열심히 볶고 있었다. 그녀는 자칭 요리 연구가가 되어 갖가지 요리 공부에 한창이었다. 싸고 맛있게 요리해서 외식을 줄여 생활비를 낮추고 그 돈으로 로또를 사겠다는 것이었다. 10년 계획을 세워 절약할 것이라고 했다. 로또 사는 것을 반대하지 않은 것은 잘한 일 같았다. 돈 벌어오라는 아내의 잔소리도 없으며 로또 파는 곳만 이따금 따라가면 맛있는 음식을 먹을 수 있기 때문이다.

오늘 새벽에 아내가 곤히 자고 있는 나를 흔들어 깨웠다. 무척 놀란 듯 보였다. 꿈속에서 웬 남자에게 주민등록증을 잠시 빌려주었는데 집의 등기가 넘어가 버렸다는 것이었다. 아내는 당황해서 등기소로 달려갔다. 담당자는 한번 넘어간 것은 회복이 되지 않는다고 하였다. 가진 것이라고는 집 한 칸이 전부인데 그것이 날아갔으니 아내는 어쩔 줄을 몰라 발을 동동 구르면서 통곡하였다. 그녀는 울면서 '이것이 꿈이면 얼마나 좋을까'라고 생각한 순간, 깨어났다. 그러자 꽉 막혔던 가슴에 숨이 통하고 멈춰버린 피가 온몸에 다시 흘렀다. 그 순간 아내는 깨달았다고 했다. 악몽에서 깨어난 것이 바로 로또라는 것을. 나는 아내의 놀란 마음이 진정되자 '싱겁게도 개꿈을 꾸었거니' 하고 다시 잠을 청해 들었다. 아침에 일어나 곰곰이 생각하니 아내가 꾼 꿈이 로또를 사라는 것인지, 사지 말라는 것인지는 모르겠으나 로또 꿈인 것만은 틀림없다.

아내와 함께 로또를 사러 갔다. 도로변 가판대에 신문과 담배가 진열되어 있다. 그곳에서 로또를 판다. 금이빨을 산다는 광고가 가판대의 측면에 큼직하게 붙어있다. 그 광고의 바로 옆에 플라스틱으로 된 파란색 탁자와 빨간색 의자 두 개가 있다. 로또 번호표를 작성하는 사람들의 편의를 위한 것이다. 거기 앉아서 나는 아내가 불러주는 번호대로 OCR카드를 작성했다. 오천 원과 함께 가판대 안의 할머니께 드리니 금방 인쇄된 912회차 로또 번호표를 건네 왔다. 마치 마트에서 생필품을 사듯이 편한 마음으로 로또 쇼핑을 하고 집으로 향했다. 팔짱을 낀 아내의 발걸음이 가벼웠다. 아내는 내가 로또를 사는 데 지원해주니 즐거운 것 같았다. 나는 슬그머니 막걸리 두 병을 샀다. 손을 씻고 거실에 나가보니 명함만 한 크기의 로또 번호표가 TV 모니터의 상단 왼쪽 모서리에 붙어있었다. 저녁에 발표하는 당첨 번호와 즉시 대조하기 위하여 아내는 흰 번호표를 TV 모니터의 검은 테두리에다 붙여서 잘 보이도록 해놓았다.

아내가 요리를 하면서 콧노래를 한다. 참으로 오랜만에 듣는 소리다. 부추에 밀가루를 보이지 않을 정도로 얇게 바르고 새우와 함께 부친다. 닭봉과 날개에 기름을 살짝 부어서 부지런히 볶다가 소주를 넣어 잡내를 없앤다. 뚜껑을 닫고 중간 불로 서서히 익히니 꼬들꼬들한 게 참 맛있다. 아내가 맛과 비결을 자랑하고, 나는 "맛있다"라고 추임새를 넣는다. 이런 분위기를 권주가로 삼아, 막걸리를 한 잔 마신다. 술맛이 살짝 올라 기분이 좋다. 그 순간 아내는 화들짝 놀라서 거실의 TV 앞으로 달려간다. 번호표를 떼어 추첨 결과와 하나하나 대조하는 아내의 진지한 모습이 너무나 즐거워 보인다. "아이고! 다 떨어졌다"라고 아쉬워하면서도 아내는 행복하게 웃으며 즐거워한다.

어느새 돌아와서 술잔을 한껏 채운다. 술잔 속에는 지난 며칠 동안 우리 부부가 조금씩 빚은 행복이 가득 담겼다.

드라이브

아내와 나는 틈만 나면 차를 타고 나가 경치 좋은 길을 찾아서 달린다. 고속도로는 풍광이 별로다. 내비게이터를 '이륜차통행가능도로'로 지정하고 다니면 고속도로를 피할 수 있다. 딱히 가야 할 목적지가 없고 언제까지 돌아와야 된다는 기약도 없다. 가다가 우연히 만나는 한적한 샛길로 들어간다. 왕복 2차선의 좁은 도로에는 강과 산 그리고 인간의 흔적이 어우러지는 풍경이 있다.

다시는 보지 못할 풍경인 양 찬찬히 살피면서 천천히 나아간다. 그때쯤이면 아내는 전날 보았던 TV 프로에 나온 여러 가지 이야기를 시작한다. 그녀의 이야기는 내가 직접 보는 것보다 더 상세하고 더 길게 계속된다. 어떻게 그 많은 내용을 외우는지 그리고 그걸 알아듣게 설명하는지 참으로 놀라운 재주다. 이때 내가 해야 할 바람직한 태도는 적당한 질문과 추임새다. 특히 시사

적인 얘기가 나오면 긴장해야 한다. 쓸데없이 내 주장을 하는 어리석음을 범하지 않아야 한다.

지금까지의 경험에 의하면, 내 주장은 허술해서 따지고 들면 몇 발짝도 나가지 못하고 꼬리를 내린다. 게다가 나로 인한 과거의 불쾌한 기억이 아내의 뇌리에 소환되어 예기치 않은 고통의 시간을 감내해야 될 수도 있다. 따라서 학생이 강의를 듣는 듯한 태도가 최고의 처세이다. 내용은 기억하지 못해도 되지만 듣는 태도가 나쁘면 문제가 발생한다. 적절한 추임새를 넣으며 '당신 말이 맞네'라는 자세로 일관하면 오래지 않아 아내의 입가가 올라간다. 내가 좋아하는 식당에 들르자는 아내의 말이 떨어지는 순간, 내가 얼마나 착한 학생인지를 스스로 실감한다. 내가 착한 학생이 될 수 있었던 것은 순전히 아내의 배려 덕분이다. 그녀는 내가 싫어하는 이야기를 용케 잘 알고 있다. 세상에 떠도는 교훈보다는 교감을 나눌 수 있는 가벼운 이야기가 주를 이룬다. 웃으면서 하는 이야기를 웃으면서 듣는다.

시원한 차 안에서 느긋하게 운전하면서 아내의 모노드라마를 부담 없이 듣고 있으면 차는 속도가 점점 줄어들고 길가의 녹음은 더욱 푸르고 울창해 보인다. 뒤에서 빵빵거리며 재촉하는 차를 여러 차례 먼저 보내준다. 과거에는 앞차가 느림보면 답답해서 추월할 기회를 엿보곤 했었다. 그때는 왜 그렇게 추월하기를 좋아했는지 아직도 이유를 모르겠다. 이제는 반대가 되었다. 도리어 뒤차를 먼저 보내주면 편안하고 마치 내 인격까지 좋아진 것처럼 기분이 좋다. 여유만만, 도량이 넓은 신선이라도 된 느낌이다. 퇴직으로 경쟁 세상을 벗어나서 그런지, 나이 들어 경쟁심이 줄어든 것인지, 알 수는 없지만 추월당하는 내가 밉기는 커녕 기특하다.

아내랑 오늘은 무엇을 먹을지 이야기를 나눈다. 사실 요즘 교외의 식당 음식은 대부분 맛이 있다. 잘 모를 때는 손님들의 차가 많이 있는 식당을 선택하면 성공 확률이 더욱 높다. 들기름 막국수부터 이태리 기술이 전수된 화덕피자까지 생각만 해도 침이 돈다. 최근에는 빵공장에 들르는 재미가 붙어 여기저기 찾아다닌다. 빵의 종류가 다양하고 모양도 정말 먹음직스럽다. 북한강이 내려다보이는 빵집으로 들어갔다. 빵 두어 개를 쟁반에 담고 전망 좋은 테라스에 앉았다. 북한강의 강물은 산의 초록이 녹아든 듯이 녹색으로 물들어 있다. 호수처럼 잔잔한 강에 모터보트가 빠른 속도로 지나간다. 보트를 따라 수상스키를 탄 여성이 긴 머리를 휘날리며 날씬한 몸매를 자랑한다. 스키는 보트가 만든 물거품을 가로지른다. 물거품 앞에서 폴짝 뛰는가 싶더니 하늘 높이 오르며 360도 회전한다. 아내와 나는 동시에 탄성을 지른다. 멋있다. 부럽다. 나도 저런 재주가 있으면 참 좋겠다. 지금이라도 한 번 도전해 볼까 하는 생각이 든다. 배가 툭 튀어나오고 이마가 벗어진 사람이 줄을 잡고 측은한 자세로 버팅기다가 물에 빠져 허우적거리는 모습이 그려진다. 민망스러운 상상에서 벗어나 아내를 슬쩍 훔쳐본다. 아내는 수상스키 묘기를 보며 마냥 즐거워 한다. 그래! 새로운 일을 벌일 이유가 있나. 아내랑 같이 구경하며 즐기면 되지.

돌아오는 길에 아내는 옆에서 자울자울 졸다가 어느 순간 깜짝 놀라 깬다. 좀 미안한 표정으로 나를 바라본다. 나는 느긋하게 운전을 하며 속으로 쾌재를 부른다. 오늘 저녁 메뉴는 내가 좋아하는 음식을 차릴 것이라는 예감이 스친다. 평소에 허리가 아파 설거지도 힘들어하는 아내가 드라이브를 몇 시간 하면 이상하게도 불편하다는 소리를 하지 않고 음식을 만든다. 이 맛에 기사 노릇을 한다.

오늘 나보다 바쁜 차를 수없이 먼저 보내는 여유를 즐겼고 종일토록 아내의 이야기를 경청했다. 아무리 유명한 영화라고 해도 세월이 지나면 줄거리마저 기억나지 않듯이, 아내의 이야기도 곧 기억에서 사라질 것이지만 그게 문제될 것은 아니다. 콩나물시루에 물을 부으면 물은 대부분 밑으로 흘러 버리지만 콩나물은 자란다. 아내의 이야기가 기억조차 나지 않는다 해도, 이 시간을 통해 우리의 정은 두터워지고 있다. 부부간의 정은 둘의 대화 내용과는 전혀 관계가 없다. 어디 부부의 정뿐인가. 세상사가 모두 내용만 따지다가 그르치는 경우가 허다하지 않던가.

돈맛

직업의 정의가 돈을 버는 것이라면 나도 직업이 있다. 아침 아홉 시에 시작하여 오후 세 시 반까지의 재택근무다. 재택근무라 하지만 내 마음대로 시간을 사용한다. 언제든지 공원에 나가 산책을 하거나 친구를 만나러 다닌다. 집에 있는 근무시간에도 딴짓을 하거나 낮잠을 잔다. 일에 매진하는 시간은 그야말로 잠시다. 근무 복장도 자유로워 잠옷 그대로다. 더우면 더 벗어버리고 추우면 더 입는다. 사실 나는 첫 글자만 들어도 웬만한 사람이면 알만한 회사의 투자자다. 나는 작년부터 주식투자를 시작했다. 회사를 그만두고 할 일이 없어 기웃거리다가 선택한 직업이다. 얼마나 좋은가. 주인 밑에서 굽실거리지 않고 내가 편한 시간에 내 멋대로 할 수 있으니 이런 직업을 어디서 구하겠는가.

손해 보면 어쩌려고 말년에 그런 위험한 일을 하냐고? 걱정 마시라. 위험할 정도의 돈이 없다. 심심하면 차라리 점포를 구하거나 회사를 차려 가치를 창조해 보라고? 그게 더 힘들고 위험하다. 그래서 돈을 불렸냐고? 그렇지 못하다. 이런 자세로 어떻게 돈을 벌겠는가. 그럼 왜 하냐고? 자본주의 사회에서 주식을 사고파는 데 특별한 이유가 있겠는가. 돈을 벌 수 있다는 기대 때문이 아니겠는가?

나는 주식을 한번 사면 웬만해선 팔지 않는다. 마치 30년 뒤 은퇴 후를 대비하는 젊은이처럼 소위 장기투자를 하는 셈이다. 장기투자라고 주장한다면 매일매일 변하는 주가에는 관심을 두지 않아야 하는데, 나는 주가가 오르면 아무도 모르게 화장실 가서 웃는다. 하나 대부분 며칠 지나지 않아 주가는 다시 떨어진다. 그러면 팔지 않은 것을 후회한다. 주식을 사고파는 간격은 장기투자이지만 마음의 여유는 초단기투자다. 주식투자에 소질이 없는지 인내가 부족한지 세월이 지나도 잔고에는 큰 변화가 없고, 다만 남모를 즐거움과 후회가 반복될 뿐이다. 장부에 찍히는 잔고를 보며 어제 좋았다가 오늘은 혀를 차는 생활의 반복이다. 틈만 나면 내가 산 주식 가격과 잔고를 확인한다. 휴일이 되어 주식시장이 열리지 않으면 심심하다. 긴 시간 동안 하릴없이 빈둥대다 보면, 문득 하루하루 더 속물이 되어가는가 싶기도 하다.

아내도 최근에 주식투자를 시작했다. 아내는 나보다는 큰 손이다. 아내의 주식투자 방법은 다르다. 오전 내내 집중한다. 제대로 일을 한다. 저렇게 집중하면 혈압이 오르지 싶을 정도로 대단한 정열이다. 가격이 오른다 싶으면 샀다가 1프로만 올랐다 싶으면 재빨리 팔아버린다. 그러다가 5만 원이라도 잃으면 그날은 난리가 난다. 반면에 5만 원을 버는 날이면 마치 큰 기업 하나를 인수한 것처럼 좋아한다. 그날 번 돈은 그날 써버리는 게 아내의 철칙이다. 덕분에 여러 차례 노량진수산시장에 가서 회를 얻어 먹었다. 나의 주식은 올라봐야 우리의 삶이 변하지 않는데, 아내의 주식이 오르면 내 입속으로 맛있는 회가 들어온다.

처음에는 주식 선배의 자격으로 아내의 투자 방법을 비난하고 진중하게 여유를 가지기를 권하는 등 훈수를 뒀다. 어느 날 회를 공짜로 먹고 그 맛에 길들여지니 아내의 주식투자 방법에 토를 달 이유가 없었다. 최근 아내가 회를 사는 횟수가 점점 줄어들고 비명을 지르는 경우가 늘어나고 있다. 이럴 때 장기적으로는 내가 아내보다 돈을 더 버는 것 아닐까 생각한다. 그렇지만 나의 주식은 올라 봐야 팔지 않으니 함께 누리는 즐거움은 없다. 아내의 주식이 올라야 집안이 온통 축제 분위기에 휩싸인다. 오르는 즉시 찾아서 써버리는 아내가 현명한지도 모른다.

그 돈을 쓰는 내내 아내의 무용담에 시간 가는지 모른다. 공짜로 생긴 돈처럼 아낌없이 써버리는 게 여간 즐겁지 않은 모양이다. 과거 내 월급을 쪼개 쓸 때와는 판이한 모습이다. 월급에는 남편의 희생이라는 거북한 압박이 있었으리라. 오롯이 자기 힘으로 방금 번 따끈따끈한 현금으로 남편에게 회를 사주는 아내에게서 기쁨이 넘친다. 소주는 쓰지만 회를 안주로 마시는 소주는 참으로 달다. 더군다나 사주면서 즐거워하는 사람 앞에서 마시는 소주는 정말 달다.

몇 년이 지나서 나의 주식 가치가 올라가서 아내에게 자랑할 날이 있을지도 모른다. 아내는 그날 크게 좋아할 것이다. 그러나 그뿐, 둘 사이에 자그마한 다툼이라도 생기면 말짱 도루묵이다. 다툼이 없다 해도 그 즐거움은 결코 오래가지 못한다. 작지만 여러 번 오는 즐거움이, 크지만 한 번 오는 즐거움에 비해 훨씬 낫다. 이런 진리를 더 일찍 알았으면 참 좋았을 텐데…. 수십 년 동안 온갖 폼을 재면서 벌어온 남편의 돈보다는 부담 없이 쓸 수 있는 자그마한 돈이 더 행복을 가져다준다. 돈이라고 다 돈이 아니라 사람을 즐겁게 하는 돈이 진짜 돈이다. 그나저나 아내의 주가가 올라야 돈맛을 즐길 텐데.

겁쟁이

아내가 속이 아프다 하여 가까운 내과를 찾았다. 연세가 지긋한 의사 선생님은 배를 만져보고는 큰 문제가 없다며 위의 활동을 늘리는 약을 처방하였다. 2주가 지나도 차도가 없자 아내는 내시경을 요청하였고 의사는 마지못해 진행하였다.

"선생님, 결과가 어떤지요?"

나의 질문에 의사는 아내를 향해 씩 웃으며 답했다.

"속 좋은 여자라는 말이 있죠? 아니 속 편한 여자던가? 가벼운 염증 외에는 전혀 문제가 없으니 걱정마세요."

그러고는 한마디 덧붙였다.

"겁이 많으신 것 같아요."

내시경에도 문제가 없다니 거짓말처럼 아내는 다음날부터 배가 아프지 않았다. 하나 이 일을 시작으로 아내는 부위별로 돌아가면서 아프기 시작했다. 아랫배와 허리가 아팠다. 췌장, 신장

결석, 자궁 및 허리 등이 의심스러워 내과, 비뇨기과, 산부인과에 정형외과까지 들러서 X-RAY, CT 및 내시경 검사를 받은 결과 대부분은 문제가 없고 허리의 통증만 문제가 되어 치료를 받게 되었다. 아내는 큰 병이라고 걱정했는데 정상으로 판명이 나자 기분이 아주 좋아졌다. 이제는 아프다는 말도 없다. 참으로 신기한 일이다. 어떻든 건강하다니 다행이었다. 아내는 장수할 것 같다. 어디 병이 달려들 틈이나 있겠는가. 한편으로는 아내가 대단한 겁쟁이라 여겨졌다.

코로나 백신을 맞으려 했다. 아내와 딸은 부작용을 염려하여 반대했다. 친구들 모두 맞는다 해도 막무가내였다. 최근 예방주사 예약이 급증하고 천만 명 가까운 사람들이 접종해도 큰 문제가 발생하지 않자 반대하는 기세가 조금 수그러졌다. 그 틈을 타서 예방접종을 강하게 주장했다. 그제야 아내와 딸도 더 이상 나를 막지 못했다. 어제 아내는 굳이 내가 예방주사 맞는 곳에 따라오려 했다. 아마 자기가 아플 때 내가 병원을 같이 다녀주니 고마웠나 보다. 나는 아내에게 그깟 예방주사 맞는데 가족을 동반하는 사람이 어디 있냐고 코웃음 치고 홀로 의연하게 병원을 향했다.

의사의 사전 문진이 있었다. 평소 복용하는 약이 있는지 몸살기는 없는지 물었다. 잠이 부족해서 그런지 오른쪽 눈이 빡빡하고 아팠지만 이야기하지 않았다. 나의 오른쪽 눈은 약 2년 전 갑자기 간유리처럼 부옇게 흐려진 적이 있었다. 급히 응급실에 달려가서 다행이었지만 하마터면 실명할 수도 있었다. 이런 이야기도 의사에게 할까 하고 고민하였다. 그렇지만 의사가 묻지도 않을뿐더러 일일이 이야기하기도 번거로워 말없이 넘겨버렸다.

주사를 맞고 나니 간호사가 주의 사항이 나열된 안내장을 주었는데 '예방접종 후 이상반응에 대한 안내'였다. 증상이 나타나면 즉시 병원을 찾으라는 항목 중 특히 두 가지가 눈에 띄었다. '눈앞이 흐려진다'와 '입술이나 얼굴이 붓는다'이다. 그 안내서를 보자마자 갑자기 윗입술의 왼쪽이 부풀어 오르는 것 같았다. 마스크 안쪽이라 벗어 보려 하다가 참았다. 아프던 오른쪽 눈도 조금 더 뻐근하게 느껴졌다. 번갈아 가면서 한쪽 눈을 감고 두 눈의 시야를 비교해 보았다. 이상하게 오른쪽 눈이 왼쪽 눈보다 잘 보이지 않고 시야도 흔들리는 것 같았다. 그러다가 다시 보면 정상으로 보였다. 불안하니 손에서 땀도 났다. 괜히 접종받았나 하는 후회가 들었다. 주변의 다른 분들은 하나같이 휴대폰을 보면서 무덤덤하게 앉아 있었다. 다들 의연해 보이는데 나만 왜 이럴까 하는 생각에 창피했다. 15분이 지나자 알람이 울리고 간호사가 와서 내 모습을 잠시 살피더니 그만 돌아가도 된다고 했다. 간호사가 이상 유무를 물으면 이러쿵저러쿵 이야기하려 했는데 전혀 그런 기회를 주지 않았다. 하긴 이미 주사를 맞아버렸는데 질문하고 자시고 할 게 있나.

집에 돌아오니 아내가 수시로 방으로 들어와 나의 동태를 살피며 물어보았다.

"여보, 괜찮아? 아픈 데 없어요?"

나는 아프지 않은 게 너무나 당연할뿐더러 그런 질문 자체가 귀찮다는 듯이 퉁명하게 아내에게 한마디 했다.

"당연하지! 잘못될 확률이 얼마나 낮은데…. 쓸데없이 물어보냐."

아내는 호기 넘치는 내 모습에 안심하고 방을 나갔다. 문이 닫히고 홀로 남으면 나는 손바닥을 비벼 따뜻하게 해서 찜찜한 오른쪽 눈을 마사지했다.

오늘 아침에 깨니 상태가 좋았다. 주사 맞은 자리가 조금 아픈 것 빼고는 특별한 증세가 없었다. 나를 걱정해 준 아내가 고마워서 근교에 드라이브하자고 했다. 아내는 드라이브를 참 좋아한다. 하나 오늘은 손사래를 치며 예방주사 후 며칠 동안은 집에서 푹 쉬어야 한다며 거절한다. 아무렇지도 않은데 공연히 걱정한다고 아내에게 한마디 쏘아붙이고 서재로 들어왔다. 커피나 한잔 내려 마셔야겠다. 오랜만에 밀린 책이나 볼까 하다가 고향에 있는 형들에게 전화를 건다. 백신 접종을 했다는 소식을 전하고 형들에게 주사 맞은 뒤 몸 상태가 어떤지 물어본다. 형들은 하나같이 전혀 문제가 없다고 하신다. 하긴 형들이 문제가 있어도 있다고 할 사람들인가.

불현듯 돌아가신 아버지 생각이 난다. 아버지는 말씀이 없었다. 특히 아프다는 말씀을 들은 기억이 없다. 그 영향으로 나는 나이 든 사람은 감각이 무디어 젊은 사람보다 통증이 덜하다고 믿을 정도였다. 아버지는 대장암 수술과 뇌수술을 받으셨다. 이제 생각해보니 이런 큰 수술을 앞두고 아버지 역시 많이 불안했을지도 모른다. 그렇지만 아버지는 불안한 모습을 보이신 적은 없었다. 언젠가 병원에서 뇌수술을 받으시고 누워 계실 때 나에게 '건강 조심해라'고 말씀하신 게 전부다. 아버지는 당신의 아픔과 불안함을 그런 식으로 표현했는지도 모르겠다. 그때 우리 가족은 아버지의 안위만 걱정했지 어디 감정을 알려고 했던가. 아버지는 어쩌면 참 외로웠을 수도 있었겠다.

어미랑 손을 잡고 나너러 예방주사 맞지 밀라딘 딸은 내가 접종을 받았는지 관심도 없어 보인다. 언젠가 나 죽고 한참 지난 뒤에라도 내가 겁쟁이였음을 딸은 알기나 할까.

가족

벌써 육 개월이나 지났다. 내가 소화가 되지 않아 밥을 그대로 먹으면 배가 아프다는 것을 알고는 엄마는 밥을 꼭 갈아서 준다. 그래서 밥맛이 없다. 게다가 양이 너무 적어서 새벽이면 배가 고프다. 자고 있는 엄마를 깨워 밥을 달라고 떼를 써 보지만 웬만해선 주지 않는다. 아빠가 먹는 밥은 참 맛있다. 그래서 식사하실 때면 나는 항상 옆에 얌전히 앉아 있다. 그는 엄마 눈치를 보다가 고기반찬을 슬쩍 나에게 주곤 했다. 그러던 그도 이제는 한 조각도 주지 않는다. 그 대신 요즘 웬일인지 한 번씩 나를 안고 한강에 나간다. 아빠는 나를 땅에 내려놓지 않고 포대기에 넣어 안고 다닌다. 이따금 땅에 내려 걷게 해주지만 금방 다시 포대기에 넣어 안아 버린다.

아빠는 한밤중에 들어와서 새벽에 나갔었는데 최근에는 낮에도 집에 있을 때가 많아졌다. 사실 그는 덩치도 크고 목소리도 무섭다. 나는 아빠가 다가오면 바로 천장을 보고 누워버린다. 그러면 아빠는 내 배를 쓰다듬어 준다. 그 순간도 무섭기는 마찬가지라서 눈치를 보고는 슬쩍 일어나서 숨어버린다. 언니는 언제나 그렇듯이 나에게 관심이 없다. 집에 들어오면 자기 방에 들어가 버리니 나도 아는 체를 하지 않는다. 그래도 엄마, 아빠가 어딘가 멀리 가면 언니가 밥도 주고 놀아도 준다. 그때는 할 수 없이 나는 언니 곁에 붙어서 애교도 부린다. 우리 집에서 나에게 밥을 주고 입혀주고 씻겨주는 모든 일은 엄마가 한다. 또 나를 안고 쓰다듬어 주는 이도 엄마뿐이다. 그래서 나는 온종일 엄마를 따라다닌다. 특히 몸이 아플 때면 엄마는 귀신 같이 알아차린다. 그래서 나는 엄마가 고맙고 좋다.

우리 가족들은 매일 여러 번 밖에 나갔다 돌아온다. 현관문이 열릴 때마다 나는 너무나 좋아서 발을 동동 굴리고 온몸과 꼬리를 흔든다. 그러면 그들은 내 이름을 불러주고 이마를 쓰다듬어 주곤 한다. 나에겐 그 순간이 참 행복하다. 사실 삼시 세끼 밥을 먹고 안전한 집에서 자고 가족끼리 서로 쓰다듬는 것 이상으로 행복한 일은 없다. 나는 그런 복을 타고 난 것 같다.

우리 가족들은 나를 제외한 자기들끼리는 쓰다듬지도 안아주지도 않는다. 집에 들어오면 짧게 뭐라고 짖고 각자 방에 들어가 마냥 TV만 본다. 게다가 휴대폰을 가지고들 있는데 무슨 지령이라도 받는 듯 수시로 열심히 본다. 그들은 서로 모이지도 않고 대화도 거의 없다. 오직 나만이 그들과 소통하고 사랑을 나누고 있다. 그들은 아마 서로를 사랑하는 것 같지 않다. 가족의 소중함을 모르는 것 같다. 그들의 그런 성향이 나에게 큰 슬픔을 안겨주었다.

나는 자식이 넷이나 있었다. 하나는 아들이고 나머지 셋은 딸이다. 얼마나 예쁜지 매일 핥아주고 안아주면서 정성껏 키웠다. 하지만 어느 날 자고 나니 애지중지하던 자식들이 하나둘 없어졌다. 더 이상 정 붙이면 아니 된다고 엄마가 서둘러 자식들을 입양 보낸 것이다. 그 슬픔은 경험해 보지 못한 이는 도무지 상상도 되지 않을 것이다.

나에게는 자식과의 사랑 나눔이 가장 큰 행복인데 모질게 그런 일을 저지르는 것을 보면 도무지 이해가 되지 않는다. 더군다나 우리 가족 중에서 가장 사랑 받는 이가 바로 나인데도 가족들로부터 그런 모진 일을 당했다. 그러니 자기들끼리는 오죽하겠나 하는 마음으로 내 처지를 스스로 위로해 보기도 한다. 허나 불행은 실체이니만큼 자식을 떠나보낸 슬픔은 지워지지 않는다. 또한 그들의 모진 행동이 너무 섭섭하다.

먹는 것만 해도 그렇다. 자기들은 무엇이든 맛있게 먹으면서 유독 나에게만은 소위 맞춤형 건강식만 먹인다. 나도 닭튀김, 갈비, 돼지 수육 등을 먹고 싶다. 그런데 언젠가 내가 닭 뼈다귀를 먹고 장을 도려내는 대수술을 받은 이후로는 자기들 음식 가까이에는 얼씬도 못하게 한다. 나를 집 밖으로 데리고 나가는 경우가 드물어 변변한 남자 친구 하나 사귀지 못했다. 그러면서 내

유일한 낙인 먹는 것조차 제대로 주지 않으니 이들이 정말 나를 사랑하기는 하나 하는 의심이 들곤 한다.

그들이 큰 가방에 짐을 싸고 나를 차에 태우면 나의 악몽 같은 날이 시작된다. 그들은 나를 흰옷 입은 이모에게 맡기는데 그들이 가고 나면 나는 영창같은 독방에 들어가야 된다. 이전에는 나도 거기서 친구들과 같이 뛰놀곤 했다. 이제는 내가 열일곱 살 늙은 강아지라서 위험하다고 홀로 가두어 버린다. 처음엔 가족들이 나를 버렸다고 생각하여 참 슬펐는데 며칠이 지나면 어김없이 찾아와서 내 이름을 불러주었다. 나는 엄마를 모습보다는 냄새로 알아본다. 엄마 냄새가 나면 나도 모르게 꼬리가 흔들거리고 발을 동동 구르게 된다.

최근에 속이 너무 거북해서 엄마 옆에 가서 다리에 기댄 적이 있다. 엄마는 열이 있다고 호들갑을 떨더니 나를 병원에 데려갔다. 그 이후로는 벌을 주는 것인지 밥도 조금만 주고 일절 간식도 주지 않는다. 이따금 아무 데나 오줌을 누고 똥을 싸서 얼마나 내가 화가 나 있는지를 표현해 봤지만 전혀 먹을 것을 개선해 주지 않는다. 아빠는 요즘 들어 자주 나를 강가에 데려간다. 강변의 벤치에서 서쪽 하늘을 바라보다 불현듯 나를 꼭 보듬고 머리를 쓰다듬어주다가 다시 하늘을 바라보는 것을 여러 번 반복하곤 한다. 석양이 지는 모습은 내가 보아도 참 멋있다. 이제 석양이 거의 지고 빨간 노을만 마지막으로 남아 있다. 저 노을 너머에 무엇인가 아름답고 행복한 것이 있을 것 같다. 엄마도 새벽에 내가 배고프다 보채면 일어나서 가루 밥을 콩알만큼 떠 준다. 너무 적어 먹어 봐야 간에 기별도 가지 않는다. 그래도 정성을 생각해서 더 이상 보채지는 않는다. 나는 행복하다.

보이는 게 다가 아니다

서울의 도로변 나뭇가지에는 단풍잎이 드문드문 남아있었다. 12월로 접어들어 찬바람이 불어도 단풍잎은 나뭇가지에 붙어 있었다. 시들어버린 잎은 가지를 꽉 잡고 있지 못하고 풀로 붙여놓은 듯 아슬아슬하게 숨을 몰아쉬고 있었다. 그래도 따뜻한 남쪽 내장산에 가면 싱싱한 단풍을 제법 볼 수 있겠거니 기대하면서 집을 나섰다. 불행하게도 내장산의 나무들은 하나같이 벌거숭이가 되어 있었다. 가늘고 긴 가지들은 말라서 힘없이 바람에 흔들렸다. 내장산이라면 단풍의 아름다움을 자랑하는 곳이 아닌가. 단풍잎이 떨어져 헐벗겨지니 나무들은 볼품이 없고 천하의 내장산도 평범한 뒷산처럼 느껴졌다.

토요일 밤을 가득 채웠던 60여 개의 텐트가 일요일 오후 우리가 도착하자 달랑 두 개만 남기고 떠나버렸다. 일터로 가야 하는 사람들은 떠나고 추위를 두려워하는 사람들은 오지를 않았다.

더구나 월요일 오후부터 사흘 동안 이 넓은 야영장에는 우리 텐트밖에 없었다. 내장산까지 내려온 것은 단풍의 마지막 모습도 있었지만 도시를 떠나 자연에서 조용히 지내려는 마음도 있었다. 하지만 야영장이 텅 비어 사람이 보이지 않으니 도리어 자연이 눈에 들어오지 않았다. 그저 외롭고 쓸쓸하고 무서웠다. 사람을 벗어나 자연을 찾아와서는 막상 사람이 없으니 자연이 즐겨지지 않았다. 하긴 자연을 벗한다는 게 어찌 사람을 멀리하는 것이겠는가. 어쩌면 사람이야말로 자연의 핵심이 아니겠는가.

지난번 고흥의 야영장에서 본 남도 사람들이 음식을 장만하는 광경은 경이로웠다. 모든 텐트에는 삼겹살에 파전에 새우까지 끊임없이 새로운 음식이 요리되었다. 장작 연기와 고기 냄새가 야영장을 온통 뒤덮었다. 텐트마다 넘쳐나는 먹거리의 다양함에 나도 몰래 침을 삼켰다. 그들은 대화를 즐겼다. 그들의 이야기는 밤늦도록 멈추지 않고 도란도란 들려왔다. 이야기는 계속되었지만 언성은 단 한 번도 높아지지 않았다. 그 이야기 소리는 마치 자장가 같아서 나도 몰래 쉬이 잠이 들었다. 그 소리는 남도의 '소리'였고 그들은 천상 '소리꾼'이었다. 내장산은 전라남도와 북도의 경계에 있어 남도 사람들이 자주 찾는 곳이다. 여기 내장산에서도 그 '소리'를 내심 기대했건만 들을 수 없었다. 물소리가 넘쳐 흘러들어오는 계곡 야영장에서 한 상을 크게 차려 놓고, 장작을 태우면서 끝없이 '도란도란' 하는 그들은 없었다. 가만히 생각해보니 나는 자연이 아니라 자연 속에서 사람들이 즐기고 행복해하는 모습을 찾아다녔나 보다.

백양사에서 내장사를 향하는 길, 그곳의 나무들도 헐벗어 있다. 가느다란 가지들이 싸리나무 빗자루처럼 말라 있다. 이렇게 말라비틀어진 가지에서 또 다시 잎이 난다는 사실이 믿어지지 않는다. 차는 점점 내장사에 가까워지고 길은 점점 좁아진다. 통행료를 내고 들어서니 왕복 2차선 길 양옆에 나무들이 도열해 있다. 어렵쇼! 기가 막히게 멋지다. 그 마른 가지들이 아치를 만들어 서로 맞닿아 있다. 단풍이 없어도 헐벗은 가지만으로 하늘을 덮고 있다. 그 아치를 따라 멀리 쳐다보면 하늘은 보이지 않고 가느다란 나뭇가지가 빽빽하게 도로를 감싸서 터널처럼 보인다. 단풍잎이 없어도 나뭇가지의 모습만으로 충분히 멋있다. 아! 그렇구나. 단풍이 아름답다 하여 단풍잎만 떠올렸는데 아름다움의 근원은 단풍잎 뒤에 숨은 나무에 있나 보다. 내 눈은 그동안 그저 단풍잎에 머물렀다. 어리석게도 잎의 화려함에 속아 그 잎을 지탱하는 나무를 보지 못했구나. 오늘 처음으로 단풍잎이 아니라 나무와 그 나무들의 어울림을 바라본다.

길가에 감을 파는 가게들이 줄지어 있다. 가게마다 감이 알알이 엮어져 주렁주렁 달려 있다. 가판에는 새색시 뺨처럼 불그스름한 대봉 곶감이 곱게 담겨 있다. 맛있어 보인다. 나는 대봉 곶감을 처음 먹어 본다. 이 시절 이곳의 대봉 곶감은 겉은 얇으면서 쫄깃하고 속은 풍성하면서 홍시 맛 그대로이다. 겉과 속이 원래는 같은 몸이었으나 전혀 다른 식감이다. 정말 맛있다. 곶감을 먹으며 나는 단풍을 떠올린다. 단풍이 아름다운 이유가 따로 있듯이 곶감이 맛있는 이유도 따로 있으리라. 이제야 나는 곶감이 아니라 곶감을 맛있게 하는 이면을 생각한다. 부산에 있는 형들께 하나씩 보낸다. 형들은 곶감을 맛있게 드실 것이다. 형들은 곶감이 맛있는 이유를 무엇이라 여길까.

야영장 입구의 관리인이 우리에게 눈인사한다. 그 미소에는 이웃 없이 홀로 지내는 우리에 대한 궁금함이 포함되어 있다. 야영장에는 전체를 관리하는 분, 화장실 등을 청소하시는 분 그리고 야간에 비상 대기하는 분 등 여러분들이 근무한다. 우리끼리만 있어 쓸쓸하다고 여겼는데 돌아보니 많은 이들이 우리와 함께 있었다. 그분들이 오직 아내와 나를 위해 있다고 우겨 본다. 그러니까 우리가 마치 대접받는 느낌이다. 이 넓은 주차장, 화장실 및 세면대를 우리만 사용한다는 것은 일생에 한 번 있을까 말까 하는 호사가 아니겠는가. 그렇게 여기니 나도 몰래 미소가 스멀스멀 기어 나왔다. 생각하기 나름이다. 그래 맞아! 로마 황제인들 우리처럼 대접을 받았을까.

아내랑 텐트 속에서 곶감을 마저 먹는다. 겉과 속이 다른, 그래서 씹을수록 맛있는 다디단 대봉 곶감 말이다. 쫄깃한 겉은 부드러운 속이 변한 것이다. 보이는 게 다가 아니다. 원래는 같았으나 모습이 변한 게 어디 곶감뿐이겠나. 혹시 아는가. 사람도 원래 하나의 자리에서 분화되었다는데 그것을 믿는다면 서로 아웅다웅할 이유가 없지 않겠는가. 멀리 볼 거 있나. 우선 아내라도 그렇게 여겨보자.

"여보 부인, 곶감 맛있지? 하나씩 더 먹자."

우연이 여러 개 겹쳐진 그날, 모두 그렇게, 나도 그렇게 드렁칡처럼 어우러져 산다는 것을 느낀 그날 이후 나는 눈물이 말랐다. 눈물의 심연부터 철저히 말라 버렸다. 부끄러워 도저히 멈출 수 없이 하염없이 흐르는 눈물, 그런 뜨거운 눈물은 그날 이후 뿌리부터 말라버리고 말았다. 그래서 더 눈물이 난다.

제5부 그날 이후

그는 누구인가?

수술용 침대에 누웠다. 나는 안압이 급격하게 올라가 자칫 실명할 수도 있는 병인 급성 녹내장을 치료하는 일환으로 백내장 수술을 받게 되었다. 이 경우에는 수술이 까다롭고 위험하여 경험이 많은 의사에게 수술을 받아야 한다고 하였다. 친구들은 안과로 유명한 병원에서 수술을 받으라고 추천했다. 하지만 그동안 다니던 대학병원에 수술을 잘하는 의사가 새로 왔다는 소식에 그 병원에서 수술을 받기로 했다. 상태가 비교적 좋지 않은 오른쪽 눈을 먼저 수술하고 왼쪽 눈은 그다음 주에 하기로 하였다.

보조의사는 눈에 여러 가지 안약을 넣은 후 오른쪽 눈이 깜빡이지 못하도록 테이프로 고정하였다. 그 고정 테이프는 입에도 붙어서 숨쉬기가 불편하고 답답했다. 그러나 원래 그렇게 하는 것인 줄 알고 가만히 있었다. 준비를 마치자 집도의가 나타나서 부드럽게 말했다.

"아버님, 저를 믿고 편안하게 계시면 됩니다."

수술이 진행되면서 내 눈의 상태가 매우 좋지 않음을 걱정하는 대화가 들려왔다.

"이렇게까지나!"

뭔가 부산한 느낌이 들었고 마침내 의사가 혼잣말로 중얼거렸다.

"아! 여기에 있네."

잠시 뭔가 처치하더니 나에게 설명해 주었다.

"아버님, 걱정하던 게 하나 있었더랬는데 괜찮아요. 걱정하지 않으셔도 되겠네요."

나는 긴상하지 않았나. 실제로 눈에 칼이 들어오는 순간에도 전혀 두려움이 없었다. 그런데 이상하게도 턱이 떨리기 시작했다. 마치 추워서 덜덜 떠는 것처럼 요란하게 흔들렸다. 그때부터 수술실 분위기가 심각해졌다.

"힘을 빼세요! 움직이지 마세요! 턱을 내리세요! 이래 가지고는 안 되는데, 아버님 긴장을 푸세요. 안압이 60으로 형편없이 높게 올라갔습니다. 지금 엄청 위험한 상황입니다. 저를 믿고 힘을 빼세요! 지난 수 개월 환자 중에서 선생님이 제일 긴장하시는 것 같아요. 아버님, 혹시 폐소공포증이 있습니까? 꼭 그런 사람처럼 떠네요."

그 와중에 나의 심장은 박동이 빨라지면서 정신없이 뛰기 시작했다. 이러다가 죽을 수도 있겠다는 느낌이 들었다. 집도의는 수술을 잠시 멈추고 숨을 10번 크게 쉬라고 하였다. 보조의사에게 입에 붙은 테이프를 가리키자 입에서 떼 주었다. 나는 입과 단전으로 크게 숨을 쉬었다. 집도의는 수술을 재개하면서 말했다.

"잘하고 계세요. 네, 조금만 그렇게 유지하세요. 잘하셨어요. 그러다 보니 수술이 다 끝났네요."

수술 다음날 아침, 안대를 풀었다. 수술받은 오른쪽 눈과 왼쪽을 번갈아 떴다 감았다 해보니 세상의 색깔이 서로 달랐다. 손을 대지 않은 왼쪽 눈으로 보는 세상은 누르스름하나 오른쪽 눈으로 보는 세상은 희고 밝다. 황사 때문에 세상은 과거보다 누르스름하다고 여겼는데 알고 보니 내 눈의 렌즈가 탁해져서 세상이 그렇게 보인 것이었다. 수시로 두 눈을 번갈아 가면서 하늘을, 강을 그리고 나무를 본다. 어제 보았던 세상과 오늘 본 세상이 다르고 오른쪽 눈이 보는 세상과 왼쪽 눈이 보는 세상이 다르다. 우스갯소리로, 광명을 찾았구나!

왼쪽 눈 수술은 일주일 뒤에 하게 되었다. 입원하고 수술을 기다리는데 이번에는 혈압이 올랐다. 처음에는 최고혈압이 190 정도여서 혈압강하제를 먹고 단전호흡을 하는 등 노력했음에도 한 시간 뒤 오히려 210으로 올랐다. 간호사가 혈압을 낮추는 약제라고 하면서 주사를 놓았다. 그러는 가운데 수술실을 향하게 되었다. 보조의사에게 혈압 이야기, 주사 맞았다는 이야기를 했으나 그다지 신경 쓰지 않았고 혈압 낮추라고 안과에서 주사를 지시한 적이 없다면서 별거 아니라는 식으로 대꾸하였다. 비상식적이라는 생각은 했지만, 의사들이 알아서 잘하리라 믿기로 했다. 하긴 내가 무슨 힘이 있나. 시키는 대로 할 수밖에 없는 환자의 신분인데 시키는 대로 해야지.

집도의의 목소리가 들려왔다.

"아버님, 제가 수술을 수천 명 했는데 지금까지 잘못된 경우가 없으니 걱정 마세요.

어디 사세요? 용산시대에 용산에서 사시네요. 그전에는 어디서 사셨나요? 저랑 같은 아파트에 사셨네요. 자녀분은 계시나요? 저는 아들 하난데요. 실례지만 따님은 결혼하셨나요? 우리 아들은 이제 유치원입니다. 한참 어리지요. 턱을 밑으로 내리세요! 힘을 빼시고요!"

집도의는 나를 안심시키려고 미리 작정을 한 사람처럼 수술하면서 계속 말을 걸었다.

"아버님, 제가 아버님 웃기려고 엄청 노력 중입니다. 아버님 눈은 안구가 앞뒤로 좁아 여유가 없어 물 배출구가 막히기 때문에 안압이 올라가는 것입니다. 서양인들은 드물고 동양인들에게 많은데 그중에서도 중국인들이 가장 많고 한국인과 일본인들이 그다음에 많습니다. 천천히 할게요. 숨을 세 번 깊게 쉬세요. 지난번보다 잘하고 있습니다. 미리 연습하고 오셨나 보네요.

잘하셨습니다."

수술을 마치고 집도의는 말했다.

"일 년에 세 분 정도가 이렇게 어려운데 선생님이 그런 케이스입니다. 고생 많았습니다."

괜찮은 사람이다. 지난주의 힘든 수술을 겪고는 이번에는 나름 준비하고 노력하는 모습이 참 좋았다.

그날 밤은 편안했다. 병실로 돌아오는 길에 보조의사가 말하기를 수술이 이전보다 잘 되었다 한다. 이번 수술 중에도 안압이 오르긴 했어도 수술할 때의 분위기로 미루어 보아 지난번 수술보다는 훨씬 순조로웠다는 것을 나도 느꼈다. 내일 아침 안대를 풀고 나면 두 눈이 모두 밝아져서 세상이 얼마나 찬란할까 하는 기대도 갖게 되었다. 이 병원에 근무하는 친구에게 부탁하여 집도의와 저녁이나 같이 하는 시간을 마련해야지 하는 생각을 하였다.

아침 일찍 안과로 갔다. 안대를 풀었는데 이럴 수가! 앞이 거의 보이지 않았다. 마치 오백 원짜리 동전 모양의 먹물이 왼쪽 눈앞을 가로막고 있는 것 같았다. 믿을 수가 없었다. 실명했구나 하는 예감이 엄습했다. 안대를 풀어주고 시력 검사를 하던 의사들의 당황한 모습에서 내 예감은 확신으로 다가왔다. 젊은 의사들은 사라져서 어딘가 전화를 걸고는 또 다른 검사를 하곤 했다. 양쪽 눈을 번갈아 가면서 여기저기를 보았다. 볼 때마다 갑자기 눈이 밝아지는 기적을 애타게 바랐다. 절망이었다. '외눈으로는 운전이 어려울 것이다. 그러니 아내와 캠핑도 가긴 틀렸구나. 골프도 치기 어렵겠지. 조금 보이니 더 불편하기에 아예 전혀 보이지 않도록 수술을 하겠지. 나머지 눈도 잘못되는 것은 아닐까?' 그러다가 갑자기 병원이 원망스러웠다. '혈압이 높다고 했는데 무시하고 수술을 강행하다니 상식도 없는 친구들이네. 실력이 없으면 다른 병원에 보내든가 해야지'

검사를 마치고 의사를 기다리다 보니 조금씩 안정이 되었다. 그러자 마음은 저절로 변해갔다.

'그래, 눈 한쪽이 보이지 않는다고 어디 못 사나!'

내 스스로가 측은하고 한심스러워 보였다.

'내가 명색이 불자인데 이런 일로 나름 열심히 집도한 의사를 탓하랴. 그보다는 잠시라도 그런 생각을 한 내 마음을 탓해야지. 이 세상 모든 불행은 나에게도 일어날 수 있다는 것을 그토록 마음에 새겼거늘. 그동안 읽었던 불경은 그저 책장 속의 장식품에 지나지 않았구나.'

그럼에도 불구하고 결코 이해도 용서도 할 수 없는 것이 있었다. 그것은 나의 안압과 혈압이었다. 왜 갑자기 안압과 혈압이 오른 것인가? 누가 올리라고 지시한 것인가? 내 뇌의 일부인가? 소위 자율 신경이란 것인가? 안전한 수술을 위해서라면 압력을 그렇게 올려서는 아니 될 일이었다. 내가 통제할 수 있었다면 나는 안압도 혈압도 낮추었을 것이다. 그러나 나는 통제할 수 없었다. 수술이 끝나고 나니 혈압이든 안압이든 정상 수치로 내려오는 것으로 보아 장기의 문제가 아니라 통제의 문제였다. 누구인가? 누가 감히 나를 무시하고 독단적으로 나의 혈압과 안압을 높였는가? 그가 누구든지 왜 내 몸을 위험에 빠뜨렸는가? 내 몸 안에 있으면서 왜 나를 위하지 않는 것인가? 나를 위한 존재가 아니라면 그것은 무엇을 위해 존재하는가?

내 몸 안에서 내가 통제할 수 있는 것보다 훨씬 더 많은 것을 통제하는 그가 이 몸의 진정한 주인이란 말인가? 내가 아니라 그가 주인이라고 하더라도 적어도 이 몸을 상하게 하는 행동은 하지 않아야 될 것 아닌가? 그는 누구인가?

도로아미타불

필리핀 세부섬에 가족 셋이 함께 놀러갔다. 스쿠버다이빙이 패키지에 들어 있었다. 아내는 무서워서 하지 않겠다고 선언한 후 관광 모드로 철저히 전환하고는 선글라스와 모자를 챙겨 그늘에 자리했다. 나와 딸은 조그만 수영장에서 스쿠버장비를 사용하는 법을 배웠다. 수경 착용하는 법과 호흡기 끝에 붙어 있는 마우스피스를 무는 방법이 중요했다. 마우스피스는 입에서 빠지지 않을 정도로 적당히 이빨로 물고 윗입술과 아래 입술을 마치 뽀뽀하듯이 동그랗게 내밀어 물어주는 것이 핵심이었다. 그래야 물이 입안으로 들어오지 않는다고 한다. 몇 번 연습한 후에 물속으로 머리를 넣어 제대로 하고 있는지를 확인하고 연습을 마쳤다.

배를 타고 잠시 가니 깊은 바다에 다다랐고 다이빙하기로 정해진 장소에 배를 멈추었다. 많은 배들이 주변에 모여 있었다.

같이 잠수할 서포터들은 이미 바닷물 속에 들어가 우리를 기다리고 있었다. 강사는 우리에게 간단한 주의 사항을 알려주었다.

"만일 이상이 있으면 팔을 위로 뻗어 신호하여 주세요. 그러면 같이 들어가는 서포터가 도와줄 것입니다."

그리고 부드러운 목소리로 말을 이어 갔다.

" 산호와 아름다운 열대어들이 노는 바닷속에서 기념 촬영을 할 것인데 소중한 추억이 될 것입니다. 이미 소개받으셨겠지만 기념 촬영 비용은 인당 100불이 되겠습니다. 동의하시겠지요?"

내려가는 이유 중 하나가 사진 촬영이라 여겨졌다. 더군다나 다른 관광객들도 모두 동의하니 우리는 즐겁게 대답했다.

"예."

아내의 열광적인 응원 속에 난생처음 장비를 차고 물에 뛰어들었다. 물 위에서 잠시 머무르며 서포터는 우리의 장비를 점검하여 주었다. 그리곤 나와 딸은 각자의 서포터와 함께 물속으로 내려갔다. 처음 내려갈 때는 좋았는데 조금 더 내려가니 갑자기 주위가 점점 어두워지고 물이 차가워져서 등이 싸늘해졌다. 적막한 가운데 뭔가 저음의 무서운 소리가 들리는 듯하였다. 그 순간 나도 모르게 입 모양을 동그랗게 유지하지 못하고 일자로 움직이고 말았다. 입의 가장자리로 짜디 짠 바닷물이 들어왔다. 짠맛을 느끼자마자 물을 먹어 숨을 쉬지 못할 것만 같았다. 산호와 열대어로 가득 찬 아름다운 풍경은커녕 깜깜한 암흑으로 발밑 천 길 낭떠러지에 영원히 떨어져버릴 것 같았다. 공포에 휩

싸였다. 무서웠다. 서포터에게 집게손가락을 위로 향하게 하여 올라가자는 신호를 보냈다. 그는 내 상태를 보더니 눈을 내 수경 바로 앞에 붙이고는 침착하게 숨을 쉬는 모습을 보여주면서 따라하라고 하였다. 그러나 이미 나는 이곳을 빠져 나가야 된다는 공포에 빠져 있어 아무것도 보이지 않았다. 오직 허둥대며 올라가려고만 하였다. 그는 여러 번 숨 쉬는 모습을 보여주며 내가 안정되기를 시도하다가 나의 행동이 점점 더 심각해지자 할 수 없이 나를 끌고 위를 향해 솟구쳤다. 나 역시 오로지 이 지옥을 벗어나야만 한다는 간절한 마음으로 발을 저었다. 살기 위한 처절한 몸부림이었다.

물 밖으로 고개가 나왔다. 입으로 세상의 공기를 쭉 빨아들이니 마음이 안정이 되고 살았구나하는 생각에 벌렁거리던 심장도 제 속도를 찾아갔다. 주위를 돌아보니 빛나는 햇살에 살살 부는 따듯한 바람과 출렁이는 잔물결이 그냥 그대로 아름다웠다. 지옥문 앞의 광경이 눈앞에 선한데 여기 세상은 변함없이 그대로였다. 많은 사람들은 내가 하늘에서 왔는지 땅에서 솟았는지 관심이 없었다. 오직 아내만이 남보다 일찍 나타난 나를 보고 다이빙을 성공적으로 마치고 올라온 것으로 착각하여 박수를 치고 환호를 하였다. 장한 남편을 응원하는 아내가 있는 배에 올랐다. 수경을 벗어 던지는 순간까지도 아내는 눈치채지 못하고 딸이 아직 올라오지 않았다고 하면서 왜 같이 올라오지 않았냐고 걱정스럽게 물어보았다. 그제야 사랑하는 나의 딸이 나랑 함께 물속에 들어갔다는 기억이 났다.

여행을 가면 자기 자신을 성찰하게 되고 진면목을 본다는 말이 있다. 그래서 세상살이가 고단하거나 새로운 삶을 살아야 될 때면 흔히들 여행을 떠나라고 권하곤 한다. 허나 잠시 머무는 여행지에서 색다른 경험을 한다고 해서 어떤 인생의 교훈을 얻는다는 것이 말이나 되는 소리인가. 만일 그렇다면 천주교의 수사나 절의 선승들이 모두 여행이나 가지 그 힘든 수도원이나 산속에서 고행을 하고 있을 턱이 없다. 그래서 나에게 있어 여행이란 단지 여행일 뿐이고 오락이며 가족과 함께하는 단합대회 정도로 여겨왔다.

일생동안 하느님을 모르고 살다가 임종 때 세례를 받고 고해성사를 한다고 천국에 임한다는 것이 어디 말이나 되는가 하고 생각해왔다. 그래도 그것은 차라리 들어줄 만도 하다. 숨이 넘어가는 죽음의 순간에 나무아미타불 한마디만 하면 아미타부처님이 계시는 극락세계에 간다는 이야기는 참으로 난센스라고 생각하며 살았다. 그래서 평소에 착한 마음으로 수행하면서 선업을 쌓는 것만이 극락으로 가는, 행복으로 가는 유일한 길이라고 믿어왔다. 스스로 불자라 생각하며 불경공부도 하고 참선도 하면서 수행의 일환으로 원효대사가 일러준 염불인 광명진언을 수년째 입에 달고 살았다. 아내와 딸에게 부처님의 말씀을 전하면서 온갖 폼을 다 재었고 언젠가 기회가 되면 이 좋은 진리를 세상 사람에게도 알려 주어야겠다고 생각했다. 그러나 정작 결정적인 순간이 오자 광명진언은커녕 '나무아미타불' 한마디도 나오지 않았다. 더군다나 목숨보다 소중하다고 여기는 딸마저 마음속에 없었다. 세부섬의 아름다운 바다에 여행와서 가족들과 함께 행복한 시간을 보내며 나는 나의 부끄러운 모습을 알게 되었다. 그렇구나. 사람들의 말이 맞구나. 여행 온 낯선 곳에서 나의 진면목을 보는구나. 도로아미타불이다.

서울이 안 춥다

서울은 추웠다. 입학원서를 낼 때 처음으로 서울의 추위를 만났다. 따뜻한 남쪽 고향, 부산의 추위는 바닷바람이 불 때 가끔 그 존재를 드러내곤 했다. 세찬 바람에 볼이 얼어 불그레 변하면서 피부가 따끔거리는 것이 부산의 추위였다. 그러나 그뿐 고개를 조금 돌려 바람만 피하면 추위는 사라졌다. 바람이 없는 서울의 추위는 피부로는 느낄 수 없었다. 그러나 시간이 지나면 뼛속까지 쑤셔왔다.

막내아들 혼자 시험 치러 보내기 불안했던지 어머니는 굳이 서울로 따라나섰다. 대학교 앞의 여관방에서 어머니랑 같이 잠이 들었다. 다음날 새벽 어머니가 물을 떠놓고 기도하는 모습을 보았다. 어머니의 기도는 항상 똑같이 들렸다. "그저, 그저" 하는 소리만 반복하여 귓가에 남아있다. 내가 학교에 들어갈 때 높다란 대문은 어머니에게는 굳게 닫혔다. 어머니가 계신 정문 앞 넓은 광장에도 눈이 수북이 쌓여 있었다. 눈 위에 서서 나더러 춥다고 어서 들어가라고 손을 젓는 어머니를 뒤로하고 고사장을 향했다. 시험이 끝날 때까지 어머니는 눈 속에 서서 "그저, 그저"라고 빌고 있었을 것이다. 입시 때는 왜 그리 추운지, 하필 왜 전날에 그렇게 눈이 내렸는지. 부실한 신발로 매서운 추위를 어머니는 어떻게 견디었을지. 그리고 40여 년이 지나 어머니가 돌아가신 후 뒤늦게 어머니가 추웠을 것이라는 것을 나는 느끼는지. 그러니 서울은 내 마음마저 아리게 하는 참으로 추운 곳이었다.

기숙사의 주말은 언제나 조용했다. 학생들은 저마다 어딜 갔는지 보이지 않았고 텅 빈 기숙사에 마치 나 홀로 남은 것 같았다. 식판에 담아 먹는 짠밥은 오래가지 않아 싫증이 났다. 찬이 못하더라도 밥그릇에 담긴 밥과 국그릇에 담긴 국물을 먹고 싶었다. 학과목에 흥미가 없어 공부에도 재미를 붙이지 못하였다. 그중 제일 힘든 것은 서울의 꽉 막힌 느낌이었다. 해운대에서 보는 끝없이 드넓은 바다와 자갈치 어시장의 비린내가 너무나 그리웠다. 강의를 듣다 말고 갑자기 가슴이 답답하면 무작정 뛰쳐나와서 바다로 향했다. 처음에는 인천의 월미도에 바다가 보인다기에 갔으나 철조망이 쳐져 바닷가에는 접근도 못하였다. 게다가 멀리서 보는 바다가 황토색으로 부산의 푸른 바다와는 너무나 달라 나의 향수를 달래주지 못하였다. 그 이후에는 무작정 고속버스에 몸을 실었다. 그 당시 부산-서울 고속버스 요금은 2170원이었다. 지금도 금액을 기억할 정도로 뻔질나게 다녔다.

지금 생각해 보면 뜬금없이 집에 오는 막내아들을 볼 때마다 부모님은 걱정을 많이 했을 것 같다. 하나 나는 바람에 실려 오는 비린 부산의 냄새를 느끼면 갑갑함에서 벗어났다. 나는 서울에 적응하지 못하고 외로움에 떨었다.

3학년이 되어 들어간 하숙집은 반지하였다. 군산이 고향인 하숙집 부부는 어진 사람들이었다. 아저씨는 서울에서 사업을 벌였다가 사기를 당하여 빈손이 되었다. 두 분은 반지하 집에 세로 들어와 하숙을 쳤다. 조금이라도 도움이 될까 하여 만화방도 같이 했다. 하숙집 아저씨는 이따금 함께 술을 마시면 신세타령을 하였다. 나와 지금의 처남이 최초의 하숙생이어서 그랬는지 두 분과 가족처럼 지냈다. 일 년도 지나지 않아 더 이상 버티지 못하고 그들은 고향으로 돌아가는 결정을 했다. 그들과 정이 듬뿍 들었던 나와 처남은 이삿짐 차를 타고 군산으로 내려갔다. 몇 년의 서울 생활을 실패하고 낙향하는 두 분은 하염없이 슬피 울었다. 큰 꿈을 꾸고 서울로 갔었는데 물려 받은 재산을 다 날리고 이삿짐마저 거의 없이 고향에 돌아온 그들은 너무나 슬퍼하였다. 그들에게 서울은 참으로 추운 곳이었다.

나는 대학을 졸업할 때까지 끝내 서울에 적응하지 못했다. 타지방 친구들과는 무슨 이유인지는 모르지만 친해지질 않았다. 학업도 형편없었다. 공부에 대한 의지도 없어 대학원 시험 치는 날 늦잠을 자서 결시했다. 나는 서울에서 사는 것에 어떠한 의미도 느끼지 못했다. 나는 서울이 정말 싫었다. 그래서 다시는 한강을 넘지 않겠다고 결심했다. 내가 직장을 구하면서 고려한 가장 중요한 조건은 지방에서 근무하는 것이었다. 다행히 나는 부모 형제가 계신 부산에 인접한 창원에서 근무하게 되었다. 본사에 일이 있거나 고객을 만나기 위하여 한 번씩 서울에 출장을 다녔다. 야간열차를 타고 새벽 4시에 영등포역에 내렸다. 서울역에 내리면 주변에 쉴 수 있는 곳이 없어서였다. 살을 에는 추운 겨울 새벽에 양손에 짐을 들고 영등포역 주변에서 목욕탕을 찾아 헤매던 기억들이 지금도 끔찍하다. 이렇듯 나에게 있어서 서울은 힘들고 추웠다는 것만 기억에 남아있었다.

내가 다시 서울에 살기 시작한 것은 입사 후 20년이 지난 2002년이었다. 그동안 서울에 발령받지 않으려고 노력해왔으나 회사의 임원이 되니 서울 근무를 거절할 수가 없었다. 모시고 있던 사장님도 나에게 이번에는 반드시 올라와야 된다고 특별히 당부하셨다. 2002년 1월 한겨울에 나는 다시 서울에 올라왔다. 마포에 있는 사무실과 가깝고 교육 환경이 좋은 목동에 터를 잡았다. 대학 시절과 달리 나에겐 가족이 있었고 차가 있었다. 한겨울이지만 옛날처럼 추위에 떠는 상황은 오지 않았다. 매일 저녁 나를 기다리는 가족이 있으니 외롭지도 않았다. 서울은 더 이상 춥고 외로운 도시가 아니었다. 참으로 간사한 것이 나의 마음이라 그토록 서울이 싫었는데 내 처지가 변하니 전혀 싫지 않았다. 외롭지도 힘들지도 않으니 서울이 싫다느니 좋다느니 하는 감정마저 나의 관심에서 사라져버렸다.

나는 이제 서울에 무덤덤하다. 아니 넓은 한강을 보거나 산책하면 가슴이 시원해지고 아름답게 느끼기까지 한다. 나는 더 이상 고향의 비린내를 기억하지 못하고 바다가 애타게 그립지도 않다. 고향 친구들 못지않게 회사 친구들과도 자주 술을 한잔씩 한다. 서울사람이 깍쟁이라는 분별도 없어졌다. 눈이 오면 발이 시릴 것 같다는 걱정도 이제는 하지 않는다. 그보다는 눈의 포근함과 눈사람의 귀여운 모습을 먼저 떠올린다. 지금도 서울의 매서운 추위에 힘들어하는 사람이 많이 있을 것이다. 그들이 서울의 추위를 호소하면 나는 어떻게 느낄까? 과거의 내가 겪었으니 지금의 내가 공감할까? 추운 겨울을 아프게 기억한다면 다른 이가 겪고 있는 추위가 안타까운 것이 당연하거늘. 당연하거늘. 어쩌면 내가 괴로워했던 서울의 추위는 처절하지 않은 배부른 추위였을지도 모르겠다. 나도 모르는 사이에 너무나 쉽게 서울의 추위가 그냥 추억이 되어버렸다. 서울에 적응한 것인지 고향을 잊어버린 것인지 알 수가 없다.

오토바이의 뒷모습

피자집 앞에 오토바이가 여러 대 서있다. 그 옆 양지바른 곳에 오토바이 복장을 한 젊은이 몇 명이 모여 있다. 그들은 서로 자주 만나는 듯 즐겁게 웃으며 이야기한다. 그들의 모습에서 운전의 두려움은 전혀 느낄 수 없다. 그저 즐거워 보인다. 검은색 안전모를 손에 든 젊은이가 담배에 불을 붙이고는 크게 빨아들인다. 어딘가에서 콜이 온다. 담배를 피우다 말고 젊은이는 안전모를 다시 눌러쓴다. 오토바이 핸들에 휴대폰이 거치되어 있다. 휴대폰에는 아내와 딸의 모습이 담긴 가족사진이 선명하다. 시동을 거는 그의 눈은 자연스레 아빠를 바라보는 가족사진을 향한다. 잠시 주춤했던 그는 허리를 곧추세우고 엑셀을 당긴다. 오토바이는 추호의 망설임도 없이 힘차게 앞으로 나아간다. 그리곤 바닥에 닿을 듯 멋지게 커브를 튼다. 잠시 옛 추억에 잠긴다.

1980년대 초 대학 4학년 때 학교 앞에서 하숙을 했다. 나와 지금의 처남인 정호 그리고 고등학교 동창인 곤이 이렇게 세 명은 고참 하숙생이었다. 맘씨 좋은 하숙집 아저씨에게는 과거 장사할 때 쓰던 80CC 오토바이가 있었다. 우리는 아저씨를 졸라 오토바이 키를 받아내었고 마치 우리 것인 양 이용했다. 오토바이를 타면 너무 재미있어 그 느낌을 표현하기 어렵다. 시동이 전달하는 굉음 속에서 엑셀을 당기면 앞으로 나아간다. 오토바이의 떨림과 땅의 요철이 주는 충격파가 묘한 진동으로 다가와 온몸의 세포를 깨워 젊음을 느끼게 한다. 달릴수록 다가오는 바람은 내가 살아있음을 알려준다.

학교로 시내로 심지어 교외까지 온 동네를 운전면허도 없이 타고 다녔다. 혼자서든 둘이서든 틈만 나면 여기저기를 누볐다. 운전 미숙으로 자주 넘어지거나 굴렀고 사람을 치거나 크게 다칠 뻔한 순간도 여러 번 겪었다. 그래도 마냥 재미있었다. 방에 누워 있다가도 오토바이 소리가 들리면 '어! 이것은 125CC, 어! 이것은 250CC' 하면서 엉덩이가 들썩거렸다. 하숙집 아저씨는 내심 불안했던지 우리에게 오토바이를 '과부틀'이라 칭하면서 조심하라고 여러 번 당부했다.

결국 곤이가 어느 날 사고를 내고 말았다. 육교 밑을 무단 횡단하던 아주머니를 치어 다리를 다치게 한 것이다. 무면허로 사고를 쳤으니 곤혹스러운 처지였다. 그 당시 하숙비가 10만 원이었는데 백만 원 정도의 큰돈으로 합의했다. 지금도 자주 만나는 소중한 친구지만 아무것도 없는 정호와 나는 그냥 옆에서 멀뚱멀뚱 지켜보고만 있었다. 놀 때는 같이 놀았는데 문제가 생기니 외면한 것 같아 곤이 얼굴만 보면 머쓱했다. 교직에 계시던 곤이의 아버지가 돈을 마련해 보냈다. 곤이는 더 이상 오토바이를 타지 않았다. 물론 우리도 마찬가지였다. 하숙집 아저씨 역시 다시는 열쇠를 맡기지 않았다. 우리의 오토바이 탐닉은 그렇게 끝났다.

그 이후 나는 수많은 오토바이 사고를 목도했다. 나뒹구는 안전모, 깨어진 백미러, 앞바퀴가 꺾인 채 멀리 나자빠져 있는 오토바이 그리고 구급차의 등장이 사고 현장에서 보이는 공통적인 모습이었다. 10여 년 전 정류장에서 버스를 기다리고 있었다. 버스가 정류장에 정차하자 뒤에서 따라오던 오토바이가 미처 속도를 낮추지 못하고 버스와 인도 사이로 돌진해 왔다. 그런데 버스에서 승객이 내릴 것을 의식했는지 이를 피하려고 오토바이를 인도 쪽으로 틀었으나 인도 턱에 걸리고 말았다. 오토바이를 몰던 젊은 친구는 앞으로 날았다. 그의 허리가 전봇대에 부딪치는 둔탁한 소리를 바로 옆에서 들었다. 그는 꼼짝도 하지 못했다. 그 끔찍했던 사고 현장의 기억은 아직도 생생하다.

우리나라 교통사고 통계를 보면 2015년부터 2021년까지 승용차의 사고 건수는 12% 줄었는데 오토바이 사고 건수는 오히려

45%나 증가했다. 배달 앱의 발달과 코로나의 창궐 등으로 음식 배달이 폭주한 게 오토바이 사고를 증가시킨 원인으로 여겨진다. 배달하는 사람들의 수입은 늘었을 수도 있지만 불행한 사고를 당한 사람들도 늘어나고 말았다. 도로에서 현란하게 차선을 넘나드는 모습을 보면 참으로 위태로워 보인다. 그들도 오토바이가 위험하다는 사실을 알고 있음에도 이런 직업을 선택할 수밖에 없는 현실이 안타깝다. 또한 이렇게 위험한 직업을 허용해도 되는지 의문스럽다. 그렇지만 소비자가 원하는 대로 세상은 가는 것이다. 소비자는 배달음식에 익숙해졌고 그 즐거움을 빼앗기는 것은 상상도 못한다. 그들은 오히려 더 빠른 시간에 음식이 도착하기를 원하고 있다. 무서울 정도로 빈틈없이 작동하는 시장은 오토바이를 더욱 치열한 경쟁으로 몰아가고 있다. 배달한 횟수에 따라 돈을 벌기에, 오토바이는 한 번이라도 더 배달하려고 총알처럼 날아다니고 누구보다 먼저 콜에 응하려고 위험을 무릅쓴다.

출발하는 오토바이의 굉음에 나는 잠깐 휘청한다. 오토바이가 멋지게 커브를 돈다. 그 오토바이의 뒷모습에서 나는 왜 두려움보다는 즐거움을 느끼는 것일까. 그가 위험한 오토바이를 타는 이유가 오로지 생계 때문이라면 너무나 마음 아프지 않는가. 나처럼 오토바이를 좋아하기 때문이라고 우기고 싶나보다.

그날 이후

대학에 입학한 해인 1978년의 6월 중순이었다. 기말고사가 며칠 앞으로 다가오고 있었다. 수업을 마치고 기숙사 방에 들어오니 관리사무소에서 나를 찾는다는 전갈이 있었다. 이례적이긴 했지만 별생각 없이 체육복 바지를 입은 채로 사무소로 향했다. 누군가 나에게 외출복으로 갈아입고 오라는 부드러운 권유가 있었고 무심하게 이를 따랐다. 정장 바지에 가벼운 티셔츠를 입고 되돌아온 나를 사복 입은 경찰이 맞이했다. 40세는 더 됨 직 싶은 그는 학교 앞에 있는 파출소에서 왔다고 하면서 같이 가서 이야기하자고 했다. 정문으로 가는 한적한 고갯길을 내려가던 그는 작은 목소리로 그러나 별일 아닌 것처럼 물었다.

"학생, 고향이 어딘가? "

"네, 부산입니다."

"아버님은 어떤 일을 하시는가?"

"보일러를 만드는 조그만 공장을 하고 계십니다."

그는 혼잣말로 중얼거렸다.

"아버님께서 자네가 이 대학에 입학하여 참 좋아하셨겠네."

그리곤 아무 말 없이 걸었다. 6월의 그 길은 갖가지 꽃들과 푸르름이 있었겠지만 나에게는 아무런 기억이 없다.

그곳은 파출소라 부르지만 그 크기는 웬만한 경찰서에 버금가는 건물이었다. 그때 학생들은 그 파출소를 일러 동양 최고의 규모를 자랑하는 파출소라고 비아냥거리곤 했다. 그도 그럴 것이 '유신철폐'를 외치는 데모를 진압하기 위하여 수많은 전투경찰들이 학교 내에 진을 쳤고, 그 파출소에서 잠을 자니 건물은 클 수밖에 없었다. 그곳 지하실에 두 사람의 치안본부 조사관들이 나를 기다리고 있었다. 한 사람은 마르고 날카롭게 보였고 다른 사람은 뚱뚱하고 너그럽게 생겼다. 아니나 다를까 두 사람은 번갈아 가면서 그 생김새대로의 역할에 맞추어 취조하기 시작하였다.

"박○○을 아는가?"

"네, 기숙사 같은 동의 2층에 사는 친구입니다."

"그 친구에게 삐라를 전달했지? 그 삐라는 누가 주었나?"

그제야 나는 얼마나 불행한 일이 나에게 닥쳐왔는지 알게 되었다. 나는 정직하게 대답하였다.

"6월 초에 학교 앞 버스 정류장에서 누군가가 하늘 높이 삐라를 던져서 한 장을 주워온 것입니다."

"누가 그런 말을 믿겠는가? 다른 학생들도 처음에는 다 너처럼 주웠다고 했는데 제대로 조사해 보니 거짓말인 것이 밝혀졌으니 솔직히 말하는 것이 좋을 거야."

"제가 매를 맞더라도 거짓을 말할 수는 없는 것이 아닙니까?"

그 후 방을 한번 옮기고 언성이 올랐다가 내렸다 하기를 수 차례 반복되었다. 그리고 그들은 아버지는 무엇을 하시는지 형님들은 직업이 무엇인지 등을 상세하게 물었다. 그리곤 잠시 뒤 사진들을 보여주고는 부드럽게 물었다.

"이 사진들을 보고 아는 사람을 말해보게."

학생들의 조그만 증명사진이 수십 개 있는 종이를 대여섯 장을 보았던 것 같다.

"아는 사람이 한 명도 없는 것 같습니다."

그랬더니 지금까지 주로 듣고만 있던 너그럽게 생긴 분이 '아마 일학년이고 서클도 다르니 그럴 수도 있다'고 하면서 톤을 낮추고 천천히 말했다.

"자네 긴급조치 9호 위반이면 학교 퇴학은 물론이고 적어도 이 년 이상은 감옥에서 썩게 된다는 것을 알고 있을 것일세. 그래서 고향 동생 같은 마음에 권하는 것이니 잘 생각해서 대답하게나. 알겠는가?"

"예, 알겠습니다."

"앞으로 일러주는 서클에 가입하여 지내다가 일 년에 한두 번 만나서 우리랑 잠시 대화만 하면 충분하네. 그러면 졸업할 때까지 등록금은 물론이고 생활비도 지원이 될 것일세. 고향의 부모님이 자네에게 등록금을 보낸다고 얼마나 힘들겠는가? 물론 이번 일은 무마하여 감옥에 가는 일도 없도록 조치할 것일세."

말이 끝나자마자 젊었던 나는 단호하게 대답했다.

"그것은 사람을 팔아먹는 것 아닙니까? 그건 절대로 못하겠습니다."

그때 그들의 표정에서 묘한 미소를 보았다. 그 미소의 의미를 알 수는 없지만 적어도 나를 적대시하는 미소는 아니었다. 그들은 두 번 다시 권유하지 않았다. 그러고는 동생한테 이야기하듯 더욱 부드럽고 따뜻하게 말했다.

"혹시 누가 다시 취조한다고 해도 오늘 한 말을 번복하지 말게."

승용차를 타고 한 시간이 지나 도착한 수원 경찰서의 보호실은 약 20명이 들어갈 수 있는 크기의 길쭉한 방이었다. 몇 사람 뒤로 제일 안쪽에 나의 전단을 보고 전달 전달했던 학생 다섯이 앉아 있었다. 나를 보자 기숙사의 친구는 눈물을 글썽이면서 말했다.

"철아, 미안하다. 네 이름을 말해서 정말 미안하다."

수원 농대 캠퍼스에 다니는 네 명의 2학년 선배들과 이야기를 나누었다. 범죄는 나로부터 시작되었지만 부끄러움의 몫은 제일 마지막에 발각된 사람부터였다. 그들은 자기 앞사람의 이름을 말한 것에 대하여 미안해했다. 다들 얼마나 겁나게 취조를 당했는지를 설명하는 것으로 에둘러 부끄러움을 달래고 덮어갔다. 앞사람의 이름을 이야기하지 않고 가장 오랫동안 버틴 선배가 말했다.

"수원 경찰서 형사에게 취조를 받았는데 내가 전단을 주워서 전달했다고 말하였다. 잘 넘어가는가 싶었는데 이틀 지나서 치안본부에서 온 사람들에게 배를 한 대 맞으니 거짓말을 할 수가 없었다."

나는 부끄러움을 느낄 대상은 없었지만 그 반대급부로 언제 불려가서 얼마나 혹독한 괴롭힘을 당할지를 걱정하는 처지였다. 그날부터 하염없이 상부의 결과를 기다리는 시간이 계속되었다. 경찰서 정보과의 멋쟁이 과장님은 때가 되면 밥을 넣어 주고 한 번씩 보호실에서 빼내어 아무도 없는 방에서 지낼 수 있도록 배려해주기도 하였다. 또한 내 바지가 찢어지자 자기 바지를 가져와서 입혀주기도 하였다. 2학년 선배 중 한 사람은 가까운 친척이 치안본부의 간부인데 면회를 와서는 선배의 장발을 보고 화를 내며 데리고 나가 아주 짧게 깎아버리고 들여보내기도 하였다. 그렇지만 대부분의 시간은 절도나 사기로 들어온 사람들과 함께했다. 그들은 우리가 오랫동안 감옥에서 살게 될 거라 하면서 측은해했다.

구금된 지 11일이 지난 아침 갑자기 부모님이 찾아오셨다. 시험 기간이 끝났는데도 내려오질 않고 소식도 없어 서울의 친인척을 통해 수소문해본 결과 수원 경찰서에 잡혀 있다는 소식을 듣고 밤을 새워 오셨다. 마침 그때 우리는 보호실에서 나와 별도

방에서 쉬고 있을 때여서 그나마 다행이었다. 내가 철장 안에 갇혀 있는 모습을 보셨으면 부모님의 가슴은 찢어졌을 것이다. 다치지 않고 살아있는 막내아들에 안도하면서도 62kg하던 몸무게가 무려 10kg이나 빠진 나의 몰골을 보고 놀란 마음에 어쩔 줄 몰라 하시던 어머니 모습이 지금도 눈에 선하다. 부모님을 뵙고 한마디 대화를 나눌 새도 없이 갑자기 정보과장이 우리와 부모님 앞에서 뭔가를 읽어 나갔다.

"긴급조치 9호 위반으로 김, 이, 박 세 사람은 구속됩니다."

그리곤 그 살갑던 정보과장이 확 변하여 엄숙한 표정으로 그 세 명을 즉시 보호실에 넣었다. 나와 기숙사 친구 그리고 치안본부 간부의 친척 그렇게 세 명은 훈방되었다. 보호실 안에 들어가서 안쪽 우리들 자리로 가지 않고 창살 앞에 서서 밖을 보는 그들 앞에서 나는 조서를 작성하게 되었다. 훈방 조치 전에 해야 할 서류 절차였다. 나의 눈에는 정말 폭포수 같은 눈물이 하염없이 쏟아지고 멈출 수가 없었다. 차마 그들을 바라보지 못하였다. 비슷한 죄인데도 그들만 차디찬 감옥으로 가야 한다는 것은 그 어린 나이에 견디기 어려운 아픔이었다. 끝없이 눈물이 났다.

진술서는 이미 작성되어 있었다. 내가 주웠다는 삐라를 그제서야 읽어 보았다. 그러나 그 삐라는 내가 주운 것이 아니었다. 그 삐라에는 내가 주운 삐라에 비해 훨씬 강하고 원색적인 내용이 들어 있었다. 우리들 중 누군가가 삐라의 출처를 착각하여 엉뚱한 친구의 이름을 말한 것 같다. 어쩌면 누군가를 보호하기 위하여 의도적으로 그랬을지도 모른다. 나는 내가 주웠던 삐라가 아니라고 외칠 수가 없었다. 훈방되는 마당에 그런 말을 하면 어떻게 될지 감당이 되지 않았다. 나는 모든 진술이 맞는다는 것을 확인하는 서명을 했다. 내 눈에서는 남겨진 이들에 대한 안타까운 눈물이 흘렀지만 나의 마음에는 나의 안위밖에 없었다.

부모님과 함께 짐을 챙기러 기숙사에 왔다. 기말고사가 끝나 학생들이 떠나버린 기숙사는 적막했다. 내 방에 들어서니 놀랍게도 내 고등학교 동창이 홀로 앉아 있었다. 그는 입학하자마자 운동권에 들어가 열렬히 활동 중인 친구였다. 대학에 들어와서는 거의 만나지도 못했다. 그런 그가 나를 기다리고 있었다. 놀랍지 않은가. 어떻게 알고 나를 기다렸단 말인가. 부모님이 계셔서 그는 하고 싶은 이야기를 하지 못하고 헤어졌나.

삶에 가정이 있을 수 없을 것이다. 치안본부의 권유대로 국가장학생이 되었다면 어떻게 되었을까? 만일 그날 이 전단은 내가 본 것이 아니라고 이야기했으면 나의 인생이 어떻게 변했을까? 그리고 만약 부모님이 올라오시지 않으셔서 그 친구랑 밤을 새워 술을 마셨으면 어떻게 되었을까? 우연이 여러 개 겹쳐진 그날, 모두 그렇게, 나도 그렇게 드렁칡처럼 어우러져 산다는 것을 느낀 그날 이후 나는 눈물이 말랐다. 눈물의 심연부터 철저히 말라 버렸다. 부끄러워 도저히 멈출 수 없이 하염없이 흐르는 눈물, 그런 뜨거운 눈물은 그날 이후 뿌리부터 말라버리고 말았다. 그래서 더 눈물이 난다.

문철론-머묾의 시간 속으로

김종완(문학평론가, 격월간 에세이스트 발행인)

문철의 문장은 처음엔 순진하고 어벙벙한 듯 느껴진다. 그는 '안다'보다는 '모른다'에 방점을 두고 모든 사물과 사태를 대면하기 때문이다. 수필에서 '솔직담백'하다는 찬사는 식상하기만 하다. 모든 수필이 이 찬사를 듣고 있는 것 같다. 물론 평자도 궁할 때마다 써먹는 수사다. '솔직담백'은 정직하다는 뜻인데, 정직을 오래도록 가만히 들여다보면 이처럼 다층적인 것도 없다. 양파 껍질처럼 표피의 메마르고 때묻은 정직도 있고 벗기면 나타나는 다른 층의 뽀얀 정직도 있다. 또 벗기면 톡 쏘는 향기에 혼미해지고 마는 정직도 있다. 자신의 내부로 얼마나 파고 들어갔는가는 문장으로 드러나기 마련이다. 글을 쓴다는 건 자기를 발가벗기는 일이며 자신으로부터 새로운 정직을 발굴하는 일인

동시에 그를 통해 자신을 재조직하는 작업이다. 경험한 사실의 객관적 서술이란 존재하지 않는다. 글을 쓰는 순간 이미 작가의 시선과 인식의 작용으로 해석된 것이기 때문이다. 인간은 다양한 층위로 인식할 수 있고 다각적으로 해석할 수 있다.

경우에 따라선 내가 봤다고, 내가 분명 들었다니까, 하는 확신으로 외려 자신에게 정직할 기회를 잃고 만다. 무엇보다 작가는 의심을 놓지 않아야 한다. 자신의 인식과 의식에 대해 의심을 품으면서 나아갈 때 운 좋으면 또 다른 자신과 불현듯 맞대면하는 행운을 만날 것이다. 글쓰기의 매력은 바로 여기에 있다. 정직이란 차원에서 문철의 글들은 대단히 용감하고, 그 용감성으로 하여금 독자를 매혹하는 탁월함이 있다. 자기를 파헤치고 무너트리는 데 거침이 없다. 새로운 세계에 눈을 뜨려고 우회적으로 몸부림치는 작가의 제스처는 매우 유쾌하고 해학적이다.

먼저 표제작인 「어쩌다 배우」를 살펴보자. 이 작품은 작가가 연극배우로 캐스팅되어 무대에 딱 한 번 서본 경험을 소재로 한다. 그는 어느 날 우연히 연극 모임에 초대받아 갔다가 그 자리에서 배역을 맡았다. 고령화 시대에 접어들면서 은퇴자들의 예술활동이 다양하게 발전 확산되고 있는 실정이다. 그중 하나인 실버연극은 흥행에 상관없이 동호인들의 예술적 욕구와 제작 여건에 맞는 작품을 무대에 올리기 때문에 배우를 구하는 일도 상업연극과는 다를 수밖에 없다. 어쨌거나 그는 어쩌다(엉겁결에) 배우가 되었다. 배우의 자격 조건이 뭘까? 키가 훤칠하고 이목구비가 수려하고 목소리가 낭랑해야 배우가 될 거라는 선입견은 당연하다. 일반적 통념이 이럴진대, 문철은 대뜸 배우가 되기 적합하지 않은 자신의 조건들을 적나라하게 열거한다.

> 나는 발음이 좋지 않은 데다 경상도 사투리까지 쓴다. 게다가 키는 작달막하고 배는 툭 튀어나온 모습으로 오리처럼 뒤뚱거리며 팔자걸음이요, 소갈머리가 없고 주름살 대왕에다가 거북목까지 가졌으니 배우로서는 최악의 조건이다. 연극 경험이 없어 어리벙벙한 데다 대사는 왜 그리 외우기가 힘든지 틀리기 일쑤여서 동료들에게 눈치도 보였다. 연습하는 내내 나로 인해 난리가 나는 것이 아닌가 하는 걱정 속에서 하루하루를 보냈다. 무대에서 대사를 잊어버려 얼음처럼 굳어버린 내 모습, 당황하는 동료들의 표정 그리고 황당해하는 관객들의 한숨 소리 등을 상상하면 식은땀이 줄줄 흘렀다. (「어쩌다 배우」)

연극은 쉽지 않았다. 대사를 외는 것도 그렇고 배역도 낯설고 동료들 눈치까지 봐야 하는 데다 "수입은커녕 각자 돈을 걷어서 연습장을" 구해야 하는 정도인데, 그는 거부하지 못했다. 이러한 열악한 조건이 그이로 하여금 스스로 구속을 자청하도록 했다. 그러나 열악한 조건만이 끝까지 버틴 이유가 될 수는 없다. 인간을 인간이게 하는 것은 무엇일까. 연약함과 부드러움이다. 부드러움이나 연약함은 이성이 아닌 감성의 영역이다. 예민하면서도 따듯한 감수성은 나와 타자를 연결하는 강력한 연결고리로, 인간의 모든 치유와 기쁨은 여기서 얻어진다. 미래 관객들의 한숨 소리까지 상상하며 그들을 연민하고 우려함으로써 연습에 최선을 다하는 바로 그 자세를 갖춘 이가 문철이다. 이 성실성으로 오늘의 문철은 탄생했다.

역시 연극은 재미있었다. 남의 인생에 빠져보는 즐거움은 처음 느껴보는 감정이었다. 희곡 속 배역을 건성으로 흉내나 내다가 마침내 배역에 빠져서 웃고 춤추고 오열하는 모습을 보는 것은 벅찬 감동이었다. (「어쩌다 배우」)

무대를 통하여 타자가 되어 보기, 이것이 그를 붙잡은 것 아닐까. 이론상으로 누구라도 매력을 느낄 만한 일이다. 그러니 실전에선 대부분 여지없이 무너진다. 수많은 이유로 우리는 결국 타자에게 건너가지 못하고 자기 안에 안주하고 만다. 어쩌면 자기 속으로의 침잠과 감성의 빗장지르기를 기성세대라고 부르게 된 것인지 모른다. 세상사 모든 일이 가르치는 것은 결국 감정의 낭비를 줄이는 법뿐이다. 무릇 어른이라면 쓸데없이 열정을 허비하지 말라는 거다. 사람이 늙는다는 것은 심장이 굳어짐이다. 심장은 닫고 머리만으로 세상을 바라보려는 것은 종이꽃에 코를 박는 격이다. 그러나 깨끗하고 편리한 문명을 벗어나 정글 속으로 들어가면 꽃보다 대지 자체가 더 깊은 향을 내뿜는다는 것을 알게 된다. 문철에게 연극은 낯선 정글이었다. 길도 없고 이정표도 없고 다만 동지들이 있는 그곳에서 그는 자신을 향한 탐색을 시도한다. 정글에도 정글의 법칙이 있다.

일단 시작하고 보니 포기하고 도망갈 수가 없었다. 나 하나 빠지면 그 피해는 함께하는 모든 동료들이 고스란히 받게 되니까. 나로 인해 자칫 무대에 올리지 못할 수도 있으니까. 동료들이 흘린 땀이 훤히 보이는데 이를 가벼이 볼 수는 없었다. (「어쩌다 배우」)

자연은 자연대로 질서가 있듯이 아무리 경제성과 무관한 일이라도 시스템은 존재한다. 그는 톱니바퀴처럼 촘촘히 돌아가는 시스템을 알아버렸기에 차마 빠져나올 수가 없었다. 이건 감성이 아닌 이성의 영역이다. 정리해 보자. 연극에 대해 문외한인 그는 어쩌다 배우가 되었다. 이력이라곤 중학 시절 칠판 앞으로 불려 나가 왕 역할 5분 정도 해본 경험이 전부다. 스스로 진단하기에 배우가 갖춰야 할 자격 조건은 미흡하기만 하다. 연습은 시작되었고 동료 배우들에게 폐를 끼칠까를 염려하여 열심히 연습에 몰입, 이윽고 무대에 올려졌다. 실수 없이 마쳤을 때 객석에서 박수가 터졌고 무대 뒤로 빠져나간 배우들은 하이파이프를 하면서 기뻐했다. 감성으로 접근하여 이성으로 견디다가 무의식적 몰입으로 역할을 소화하여 찬란한 감성의 꽃을 피워냈다.

연극은 끝났다. 며칠 지나니 연극하면서 겪은 노고와 괴로움은 멀어지고 조명과 음악 소리가 담긴 무대의 화려함이 선명하게 그려진다. 첫 아기를 낳기까지의 그 힘든 순간을 알면서도 둘째아이를 가진 엄마가 아기의 태동을 기대하고 기다리듯이 벌써 '다음 작품은 언제 하려나, 나도 끼워주겠지'하며 기웃거린다. 나에게 구속영장이 떨어지는 순간을 고대하고 있다. (「어쩌다 배우」)

연습 중 그는 빠져나올 수 없는 구속력을 느꼈다. 어쩔 수 없는 부자유의 시간이다. 이제 끝났으니 자유다. 그러나 다음 작품에도 자기를 끼워주길 바라며 극단을 기웃거린다. 배역이 주어지는 순간 구속된다는 걸 잘 알면서도 그는 구속영장이 떨어지길 고대한다. '홀로 누리는 자유'보단 '함께하는 구속'을 지향하는 인간의 무의식적 욕망을 그는 연극이란 소재로 구체적으로 그려내고 있다.

「야단맞아 술맛 좋은 날」도 낚시의 첫 경험을 소재로 한다. 처음은 언제나 인간을 겸손하게 만든다. 첫 경험을 쓴다는 것은 자신의 왜소함과 무지를 들여다보는 작업이다. 아마 이것이 문철의 특장일 것이다. 새로운 것, 낯선 것들을 놓치지 않는다. 어찌 보면 우리가 수필을 쓴다는 것은 일상에서 낯섦을 포착하는 작업이다. 일상이라고 퉁쳐서 하루하루를 '똑같은 반복'이라고 때론 지루하게 때론 무심하게 흘려보내고 말지만 기실 어느 순간도 처음이 아닌 것은 없다. 우리는 매일매일 매 순간 첫 경험만을 하는 것이다. 그것을 알아채는 것이 깨어있음이다. 문철은 직업 전선에 있을 때보다 은퇴 후에 그런 일이 자주 일어나고 있다. 머묾의 시간을 향유하는 여유로움일 것이다. 언제나 낯선 세계로 가고 있는 것이 인생이지만, 낯섦이란 멈추어 관조하고 응시해야 비로소 실체가 드러난다.

처음 낚시를 갔다. 자발적이기보다 엉겁결에(또 '어쩌다'이다) 홍 사장이라는 베테랑 낚시꾼의 무용담에 낚인 것이다. 민어를 잡으려고 배를 타고 바다로 나갔다. 바다로 드는 순간부터 선객들은 일사불란하게 선장의 지시를 따라야 했다.

버저 소리가 '삑'하고 한 번 울리면 낚싯줄을 내리고 '삐~삑' 두 번 울리면 낚싯줄을 올리라는 이야기다. 버저 소리에 맞추어 호기 있게 줄을 내렸다. 줄은 해류를 타고 배의 밑으로 빨려 들어갔다. 땅에 한 번 닿나 싶더니 계속 풀렸다. '이상하다' 하면서도 계속 줄을 풀고 있는데 선장이 봤다.

"12번, 줄을 계속 풀면 어쩝니까? 감아요! 건너편 낚싯줄에 다 얽히겠어요."

나는 놀라서 줄을 감았으나 줄은 도리어 풀렸다. 어디에 제대로 걸린 모양이었다. 그래서 힘껏 낚싯대를 들어 올리니 심하게 구부러져서 터질 것만 같았다. 옆에 있던 분이 깜짝 놀라 '낚싯대 부러진다!'라고 외치며 내 낚싯대를 잡더니 잡아채서 줄을 끊어 버렸다. 조용한 뱃전에서 난리가 났다. 선장이 마이크에 대고 애꿎은 홍 사장에게 한마디 했다.

"아니! 초보자들을 데리고 왔으면, 데리고 온 사람이 교육을 제대로 시켜야지요. 초보자를 방치하고 자기는 혼자서 고기 잡으려고 하면 됩니까? 사무장님, 12번부터 초보자들 한 번 봐주세요."

사무장이 부리나케 달려와 줄이 걸렸을 때 응급조치하는 방법을 가르쳤다. 그렇지만 그 이후에도 제대로 하지 못해서 사무장까지 선장에게 핀잔을 들었다. 선장은 급기야는 나에게도 짜증을 내었다.

"아까 사무장이 그렇게 하지 말라고 했잖아요. 왜 자꾸 그러십니까! 사무장님, 다시 설명하세요." (「야단맞아 술맛 좋은 날」)

초보 낚시꾼은 구박덩어리다. 그래도 민어만 낚으면 그만이지, 대물을 잡아 코를 납작하게 해줄 테다, 낚시에만 열중했다. 속으론 칼을 버리었겠지. 웬길, 장대민 여섯 마리니 잡이서 방생하고 말았다.

12시간의 대장정이 끝났다. 하루종일 민어는 구경도 못했다. 그 대신 쓸데없이 장대나 잡고 선장의 야단만 맞았다. 공짜도 아니고 비싼 뱃삯을 들였음에도 나는 손님이 아니라 동네북이 된 느낌이다. (「야단맞아 술맛 좋은 날」)

그래도 그는 모두를 관찰하는 여유를 잃지 않았다. 왕에 버금가는 선장의 행태를 아주 차근차근 살폈다. 선장은 몰랐을 거다. 선객들을 깐깐하게 들여다보는 건 자신만의 특권인 줄 알았을 테니까. "(선장은) 선장실에 앉아 백미러와 각종 모니터를 통해 낚시꾼들의 일거수일투족을 손바닥 보듯이 알고 마이크로 순간순간 지휘하였다. 낚시꾼들은 훈련이 잘된 군인처럼 선장의 신호에 따라 군소리 없이 풀었다 감았다를 반복했다." 문철이 발견한 낯섦은 낚시질보다 그 배를 진두지휘하는 선장의 모습이었다. 왜 저토록 권위적인가? 물론 바다라 위험하고 일단 목적은 민어를 잡는 일이니까 선장의 명령에 복종해야 마땅하지만 선장은 뭔가 불안하고 서두르며 강박적이다. 놀자고 온 낚시다. 그런데 온종일 핀잔만 들었고 성과는 없었다. 선장에겐 자기 배에서 잡히는 고기 숫자와 크기가 자신의 명예와 이력이 되고 그것은 돈벌이와 직결된다. 초보들이 반가울 리 없다. 여가 활용하는 취미생활이 붐이니, 이건 또 누군가에겐 블루오션이다.

무심코 놀러 갔다가 지청구만 먹으면서 그가 발견한 것은 이곳도 누군가에겐 절박한 삶의 현장이라는 것이었다. 경영자로서의 선장은 얼마 전까지 작가가 모셨던 회장님과 다르지 않았다. "여든 살이 넘은 회장님은 환갑이 된 우리를 공부하지 않는다고 어린아이 야단치듯이 가르쳤다." 지나간 일들이 주마등처럼 스치며 술을 마시니 민어 안주 아니라도 술맛은 좋더라는 것. 더러 야단은 맞았을지 모르나 신망받으며 영광스럽게 정년퇴직한 그에게 '회장님'이란 인물은 어떻게 남아있는 것일까.

작가는 이 부분에서 침묵한다. 다만 회장님과 함께한 시간이

지시하는 것은 생활전선에서 긴장되었던 자신일 것이다. 구속으로 살아온 시간에 대한 향수라고 할까. 술맛이 좋은 것은 과거의 자신을 소환해 함께 마실 수 있었기 때문이라고 할 수 있겠다. 어떤 낯섦도 결과적으론 과거를 불러낸다. 축적된 경험과 현재적 체험의 관계는 이렇듯 늘 변증법적으로 환원한다. 인간이 기억이란 능력이 있는 한, 엄밀한 현재도 없고 완전히 소거된 과거도 없다. 한 덩어리로 뭉쳐진 과거와 현재와 미래의 지배 아래 있는 인간이란 유동적이고 미결정체이다.

끝없이 변할 수밖에 없고 또 아무리 변해도 변할 수 없는 이중 모순적 인간의 본질을 그린 작품이 「축적의 시간」이다.

딸이 유치원 다닐 즈음, 나는 집에 있을 땐 TV 리모컨만 쥐고 뒹굴었다. 그러는 내게 어느 날 딸이 말했다.

"아빠! 나, 만화영화 볼 거야."

국가대표 축구 중계 중이었다. 그 경기를 꼭 보고 싶어 딸을 설득하였다.

"아빠는 축구 경기를 봐야 되는데…. 축구 끝나면 보여줄게."

그러자 딸은 축구 끝나면 만화영화도 끝난다고 떼를 쓰며 울려고 했다.

"진아, 집안 물건에는 다 주인이 있거든. 네 방에 있는 동화책과 인형은 네 것이고 그밖에는 다 엄마 것이지. 그릇도 냉장고도 밥솥도 모두 엄마 것이야. 사실 아빠 것은 TV밖에 없어."

눈을 동그랗게 뜨고 바라보는 딸에게 타이르듯 덧붙였다.

"자기 물건은 자기가 사용하는 거야. 네 인형은 네 마음대로 가지고 놀아도 된단다. 그렇듯이 아빠는 아빠 마음대로 TV를 볼 수 있는 거야. 알겠지?"

이런 이상한 논리가 통했는지 의외로 딸은 더 이상 떼를 쓰지 않았다. 그날 이후 딸은 나에게서 TV 리모컨을 뺏을 생각을 하지 않았다.(「축적의 시간」)

요즘 세상에 '난 이런 아빠였다'고 하면 청소년들은 물론이고 여성들로부터 맹공격을 면치 못할 게다. 어떻게 그럴 수 있느냐며 책부터 내던질 사람도 있을 거다. 그래서 말인데, 우린 너무 성급하다. 파편적으로 읽고 파편적으로 흥분한다. 글을 읽을 땐 참을성이 있어야 한다. 어이없고 낯설어도 처음 이렇게 글을 열 때는 뭔가 자신이 있어서 그러겠지, 믿어주는 마음도 필요하다. 사실 그다지 낯선 이야기도 아니다. 어느 집이든 뭔가를 독점하는 사람이 꼭 있는 법이니까. 한 세대 전만 해도 채마밭이나 부엌이나 장독대는 금남의 장소였다. 여성 전용의 공간엔 내밀하고 은밀한 어떤 비밀이 숨겨져 있는 듯 신비했고, 그래서 우리 남성들에겐 동경의 대상이며 아련한 그리움의 대상이었다. 당연히 신문이라든가 TV라는 정보 매체는 밖에서 사회활동을 하는(소위 돈 벌어오는) 가장의 전용이었다. 뭐든 공용은 불편한 거다. 남성 여성 가르며 전용 운운하는 것은 옛날 얘기다. 이젠 식구마다 자기 공간과 자기 물건이 뚜렷하게 구분된다. 식구마다 방 한 칸씩 차지하던 것도 옛날 일, 이젠 어지간히 성장하면 혼자 살겠다고 나가서 독립 가구를 이루는 실정이다. 종이신문은 희귀해졌고 TV는 방치된 채 개인 컴퓨터나 노트북으로 모든 정보를 수집한다. 더구나 여권 신장이 급격하게 이뤄져서 가장이나 남성의 지위는 주저앉고 말았다. 유치원 자녀가 있는 가장이 휴일에 그 아이와 놀아주지 않는다? 이건 사면의 공격을 면치 못할 대죄다. 하지만 다행히도 이런 사태가 일어나기 전에 그는 중년을 보냈으니 아주 편안하게 잘 지냈다. "돈을 번다는 핑계가 집안일을 회피하는 이유는 아니었다. 할 줄 모르기 때문에 열외가 된 것도 아니었다. 내가 일하지 않은 이유를 딱히 말하자면 그 일이 내 일이라고 생각한 적이 없었기 때문이다. 그러니 아내에게 미안하지도 않았다"는 것이다.

아내 역시 가사 일과 나를 연결하지는 않았으리라 여겨진다. 하지만 힘든 순간마다 어찌 저리 매정할까 하고 나를 원망했을 수도 있다. 이제 와서 물어보자니 본전도 뽑지 못할 것 같아서 과거는 묻지 않기로 했다. 어떻든 퇴직할 때까지 집에서 나의 가사노동 항목은 전혀 늘어나지 않았다. (「축적의 시간」)

이쯤 되면 대다수 장년층이 동의할 것이다. 그 시절에는 모두가 그랬으니까. 아 옛날이여! 문제는 퇴직하고 나서다. 삼식이가 되어 청소 설거지 등을 거들었는데 아내는 무릎과 허리 통증을 호소하다가 점차 "미열이 나고 머리가 아프다, 배와 옆구리가 칼로 찌르는 것 같다, 왼쪽 팔이 저리다 등 동시다발적으로 아픔을 호소했다." 병원을 다녔지만 다행히 특별한 병명은 없었던 듯하다. 그러자 아내는 가사노동 때문에 아픈 거라고 주장하였고 그는 급기야 요리까지 맡게 되었다.

> 아내의 지도하에 계란말이부터 시작하여 스테이크, 불고기, 돼지고기 두루치기, 김치찌개, 닭볶음탕 등을 하게 되었다. 감바스, 부추전 및 돼지고기 수육 등 술안주도 물론이다. 아내는 나보고 '간잽이'라고 했다. 기가 막히게 간을 잘 맞춘다는 뜻이다. 딸도 아빠 계란말이가 최고라고 치켜세웠다. 칭찬이 자자했다. 딱 일주일 지나니 일상이 되었다. 이제 다들 짜니 싱겁니 하고 냉정한 평가가 시작되었다. (「축적의 시간」)

작가가 정년퇴직해서 상황이 변한 것은 아니다. 요리는 요즘 남자의 기본교양이다. 요리, 청소, 쓰레기 분리배출, 육아 등등 요즘 청년들은 결혼하기 위해 이런 일부터 학습해야 한다. 남자가 전업주부 역할을 하는 가정이나 육아 휴직을 하는 경우는 이제 흔해졌다. 그 복잡한 일 중 그래도 성취감이 확실한 건 요리일 것이다. 사실 평자도 작가가 만든다는 요리를 나열하는 대목에서 은근히 부러웠고 나도 한 번 도전하고픈 유혹을 느끼기도

했다. 아직 신체 건강하니 요리나 청소 같은 일이 문제가 아니다.

내가 보기엔 아내는 이미 다 나아서 건강해 보이는데 부엌을 다시 맡을 생각을 하지 않는다. 인간이 TV를 하루종일 볼 수도 있다는 것에 대해 경이감을 갖게 되었다. 한마디로 나는 열 받고 있다. 아내가 노는데 나 혼자 일을 하면 사실 처량할 때도 있다. 설거지를 하거나 청소할 때 연속극을 보는 아내가 밉고 분하다. 그런데 아내가 거실 탁자를 끌어주어 청소하기 편하게 해주면 반분이 풀린다. 요리를 하면 아내는 냉동실의 재료를 전자레인지에 넣어 해동해 준다. 내가 설거지할 때면 아내는 식탁 위의 남은 반찬을 냉장고에 집어넣고 싱크대 위의 그릇을 제자리에 넣는 등 정리를 해준다. 그러면 또 분이 조금은 풀린다. (「축적의 시간」)

상황이 반전되었다. 부엌일을 남편에게 맡긴 마나님께선 무얼 하시는 걸까. "인간이 TV를 하루 종일 볼 수도 있다는 것에 대해 경이감"을 느낀다는 문장으로 보면, TV를 즐겨 보시는 것은 분명하고, 혹시 전화는 안 하시나? 평자는 아내와 함께 있을 때, 그녀가 여기저기 전화를 걸고 또 별 내용도 없는 통화를 왜 그리 길게 하는지 그걸 봐주기가 가장 괴롭다. 그럴 때마다 나는 생각한다. 최초의 문학은 여자들의 발명품이었을 것이라고. 글을 쓰는 주제인데도 나는 말을 하려면 늘 버벅거리고 사람을 만나면 할 말을 잃고 마는데, 지치지 않고 끝없이 이어지는 여자들의 수

다를 듣고 있자면 기가 팍 죽는다. 전에는 자리를 피하면 그만이었는데 요샌 몸마저 편치 않으니 밖으로 나가기도 쉽지 않다. (문철 선생님, 사모님이 전화 통화만 길게 하지 않아도 복 받으신 겁니다.) 암튼 남자들이 살아내기 녹록지 않은 세상이 와버린 것은 분명하다. 그래도 꿈을 가져야 한다. 어쩌면 지금이 그나마 가장 살 만한 시간일 수도 있으니까.

딸이 직장에서 돌아오면 방 밖에서 소곤거리는 소리가 난다. 나가보면 아내와 딸이 정겹게 이야기를 나누고 있다. 나를 보면 말이 뚝 끊기면서 웃음을 짓는다. 대화 내용이 무엇인지 물어보면 그냥 시시한 이야기라고 하면서 끼워주질 않는다. (「축적의 시간」)

남자들이 세상 속을 채찍질 당하며 질주할 때 잃어버린 것은 이야기다. 이야기는 사랑이다. 그것은 응시와 머무름의 시간 속에서만 길어 올려지는 법이다. 이 글의 결구가 걸작이다.

사람들 간의 관계에서 관심을 축적한 시간은 매우 중요하다. 내가 벌어 온 월급도 중요하긴 하나 한 달에 단 한 번씩만 잠시 관심을 받을 뿐이었다. 그러나 밥은 수많은 횟수로 서로 간에 축적된다. 대부분의 가정에서 어머니의 가족에 대한 축적의 시간은 아버지의 그것과는 비교가 되지 않을 정도로 많다. 아내는 35년 동안 밥과 청소하는 시간을 축적했다. (「축적의 시간」)

타자에게 건너가기는 결국 생활의 구체적인 경험의 축적으로 얻어지는 능력이다. 삼십여 년 밥과 청소하는 시간을 축적한 아내는 TV를 보면서도 집안일하는 남편 심사를 알아채고 딸의 카톡 한마디에도 딸의 기분을 알아챘다. 축적된 시간의 위대함이다. 그는 이제 가족을 위한 봉사로 사랑과 이해의 시간을 축적하고 있으니 해피엔딩이다.

작가의 성품은 한없이 부드럽고 유연하기만 한데, 그 안에는 강철 같은 강함이 있다. 외유내강의 전형이랄까. 몇 작품에 그 내강이 잘 드러나 있다. 특히 대학 시절 영문 모르고 파출소에 끌려갔을 때의 태도에선 서늘한 결기마저 느껴진다. 버스 정류장에서 삐라를 주워와 기숙사 친구에게 보여준 것뿐인데 죄목을 만드는 치안본부 사람들의 태도가 기이하다.

"자네 긴급조치 9호 위반이면 학교 퇴학은 물론이고 적어도 이 년 이상은 감옥에서 썩게 된다는 것을 알고 있을 것일세. 그래서 고향 동생 같은 마음에 권하는 것이니 잘 생각해서 대답하게나. 알겠는가?"

"예, 알겠습니다."

"앞으로 일러주는 서클에 가입하여 지내다가 일 년에 한두 번 만나서 우리랑 잠시 대화만 하면 충분하네. 그러면 졸업할 때까지 등록금은 물론이고 생활비도 지원이 될 것일세. 고향의 부모님이 자네에게 등록금을 보낸다고 얼마나 힘들겠는가? 물론 이번일은 무마하여 감옥에 가는 일도 없도록 조치할 것일세."

말이 끝나자마자 젊었던 나는 단호하게 대답했다.

"그것은 사람을 팔아먹는 것 아닙니까? 그건 절대로 못하겠습니다."

(「그날 이후」)

겁 없이 단호한 저 젊은이가 또한 문철이다. 그런 그도 어쩔 수 없이 무너지고 말았다. 맞다. 어쩔 수 없었던 거다. 수원경찰서로 끌려가 친구를 만났을 때 상황은 더욱 괴이하게 흘러간다.

나를 보자 기숙사의 친구는 눈물을 글썽이면서 말했다.

"철아, 미안하다. 네 이름을 말해서 정말 미안하다."

수원 농대 캠퍼스에 다니는 네 명의 2학년 선배들과 이야기를 나누었다. 범죄는 나로부터 시작되었지만 부끄러움의 몫은 제일 마지막에 발각된 사람부터였다. 그들은 자기 앞사람의 이름을 말한 것에 대하여 미안해했다. 다들 얼마나 겁나게 취조를 당했는지를 설명하는 것으로 에둘러 부끄러움을 달래고 덮어갔다. 앞사람의 이름을 이야기하지 않고 가장 오랫동안 버틴 선배가 말했다.

"수원 경찰서 형사에게 취조를 받았는데 내가 전단을 주워서 전달했다고 말하였다. 잘 넘어가는가 싶었는데 이틀 지나서 치안본부에서 온 사람들에게 배를 한 대 맞으니 거짓말을 할 수가 없었다."

나는 부끄러움을 느낄 대상은 없었지만 그 반대급부로 언제 불려가서 얼마나 혹독한 괴롭힘을 당할지를 걱정하는 처지였다. (「그날 이후」)

그 시절 우린 모두 미안했다. 살아남아 미안하고 온전해서 미안하고 거짓을 말할 수밖에 없어 미안하고, 젊은이들은 미안함으로 연대했다.

다행스럽게도 그때 문철은 11일간의 구금만 치르고 훈방되었다. 진술서를 작성한 후에야 그들은 그가 주웠다는 삐라는 보여줬는데 그 삐라는 그가 주운 것과 달랐다.

> 나는 내가 주웠던 삐라가 아니라고 외칠 수가 없었다. 훈방되는 마당에 그런 말을 하면 어떻게 될지 감당이 되지 않았다. 나는 모든 진술이 맞는다는 것을 확인하는 서명을 했다. 내 눈에서는 남겨진 이들에 대한 안타까운 눈물이 흘렀지만 나의 마음에는 나의 안위밖에 없었나. (「그날 이후」)

왜 다른 삐라를 그가 보게 된 것인지 알 수 없다. 그의 침묵과 진술서의 서명이 의미하는 것은 무엇일까. 알 수 없다. 다만 서명을 하면서 울어버린 청년에게 그 사건들은 하나의 상처로 자리잡았음에 틀림없다. 아마 그 경험은 그의 생 전체를 관통하여 통제하고 간여하였을 것이다. 정직하지 못한 자신을 맞대면하는 일, 비겁과 자기본위의 방어기제를 들여다 보게 되는 일은 형벌도 저주도 아니다. 외려 축복일 수도 있다. 그것은 무서운 각성임에 틀림없다. 모든 종교가 참회 또는 회개라는 장치로 새로운 삶으로의 이행을 열어놓은 것은 이 때문일 것이다.

삶에 가정이 있을 수 없을 것이다. 치안본부의 권유대로 국가장학생이 되었다면 어떻게 되었을까? 만일 그날 이 전단은 내가 본 것이 아니라고 이야기했으면 나의 인생이 어떻게 변했을까? 그리고 만약 부모님이 올라오시지 않아서 그 친구랑 밤을 새워 술을 마셨으면 어떻게 되었을까? 우연이 여러 개 겹쳐진 그날, 모두 그렇게, 나도 그렇게 드렁칡처럼 어우러져 산다는 것을 느낀 그날 이후 나는 눈물이 말랐다. 눈물의 심연부터 철저히 말라 버렸다. 부끄러워 도저히 멈출 수 없이 하염없이 흐르는 눈물, 그런 뜨거운 눈물은 그날 이후 뿌리부터 말라버리고 말았다. 그래서 더 눈물이 난다. (「그날 이후」)

더 천천히 더 깊게 들여다봐야 할 우리의 현대사에 너무도 중요한 증언이다. 상처는 결과적인 것이 아니다. 상처는 과정에서 일어나며 반복으로 깊어진다. 이제야 눈물을 흘리는 그를 뉘라서 위로할 수 있을 것인가. 대체불가능한, 그에게 더없이 중요한 역사의 한 발자국은 비록 그 한 사람의 몫은 아니다.

이것은 한 인간의 양심적 선언이고 우리 모두에게 내재된 이기와 비겁이라는 본질을 파헤치는 심장의 절규다. 편을 가르고 양 진영이 다 선택적 정의만 부르짖으며 귀를 막고 있는 오늘의 정치 현실이 특정 계층만의 문제는 아니다. 눈을 떠야 한다. 눈에서 눈물이 마르지 않는 이가 내 곁을 외로이 스쳐가는 것을 보아야 한다. 혼자 고독에 물들어 유유자적하는 명상의 글도 아름답지만, 보다 치열하지 않으면 안 된다. 우리는 모두 인간이기 때문이다. 인간의 존엄과 가치에 치열한 집중과 탐구가 새로운 문법을 탄생시킬 것이다.

문철의 감수성은 누구보다 풍부하다. 참담한 고해의 바다에서 건져 올리는 진실이 진정한 아름다움이다. 눈이 소복하게 쌓인 얼어붙은 강가를 서성이는 그에게 갑작스레 솟아나는 생의 환희는 차라리 눈물겹다.

아름답다. 세상이 이렇게 아름다웠구나. 이 아름다운 세상에 태어난 이번 생은 참으로 소중하구나. 오늘 한강의 눈 덮인 아름다움을 바라보다가 불현듯 오래오래 살고 싶어졌다. 나에게 있어 산다는 것은 죽지 않는다는 것이었다. 죽음으로 가는 고통과 세상과의 단절에 대한 두려움을 회피하려는 욕망이 살려고 하는 중요한 이유였다. 오늘 나는 살고 싶은 이유를 찾았다. 돈이나 명예나 권력의 단맛이 아니라 자연의 아름다움에 이끌려 찾았다. 이러한 갈망이 일어남에 나는 스스로 놀라고 있다. 아! 떠나기 싫다. 이 아름다운 세상을 보고 듣고 느끼는 그 행복을 누리고 싶다. (「눈 발자국」)

또 이런 문장도 있다.

나는 무엇이 진실인가를 주장하는 것이 아니고 무엇에 기대어 살 것인가를 찾고 있을 뿐이다. 이 아름다운 세상에서 영원히 살 수 있다는 희망이라도 품으려는 몸부림이다.(「눈 발자국」)

천천히 걸으며 자주 멈춰서고 오래 들여다봐야 할 시간이 도래했다. 사람들은 노년이라 했다. 펄벅은 『대지』에서 노년의 고독과 공허를 양지바른 곳에 앉아 볕바라기하는 모습으로 그려냈다. 젊어 읽을 땐 그 광경이 그렇게 가슴에 사무치진 않았다. 그냥 우두커니 아무 생각 없이 무위로 앉아 있었으려니 했었다. 그걸 늙음이라고 믿었고 늙음의 평화라고 확신했었다. 하지만 이제 볕바라기하는 왕릉의 모습은 나의 심장 안으로 들어앉았다. 그는 그렇게 쪼그리고 앉아 자기 온 생을 들여다본 것임에 틀림없다. 거미줄처럼 얽힌 인연들을 그제야 찬찬히 돌아본 거였다. 돌아봄이 인간을 인간이게 한다.

수필이 중장년만이 참여하는 문학 장르가 된 지 오래다. 어떤 이들은 젊은이들을 참여시켜야 한다고 걱정한다. 걱정이 되는 것, 무리도 아니다. 그러나 우린 이제 겨우 육십대 아직 갈 길은 멀기만 하다. 새로운 길을 열어갈 시간은 충분하다.

첫 수필집 출간을 축하드린다.

문철 수필집
어쩌다 배우

2023년 11월 15일 제판1쇄 발행

지은이 | 문 철
펴낸이 | 김종완
펴낸곳 | 에세이스트사

등록 | 문화 마02868
주소 | 서울종로구 삼일대로457 수운회관 501 전화| 02-764-7941
e-mail | kjw2605@hanmail.net
e-cafe | http://cafe.daum.net/essayist123

값 15,000원
ISBN 979-11-89958-52-7 03810